1
三木なずな
illustration. かぼちゃ
没落予定の貴族だけど、暇だったから魔法を極めてみた
I am a noble about to be ruined, but reached the summit of magic because I had a lot of free time.
TOブックス

I am a noble about to be ruined, but reached the
summit of magic because I had a lot of free time.

illustration. かぼちゃ

design. アフターグロウ

TOブックス

.01

「お坊ちゃま？　どうかなさいましたかお坊ちゃま」

「……え？」

誰かに袖《そで》を引っ張られた。

うたたねの直前のように、一瞬意識が飛びかけたような感覚のあと、まわりの景色が目に入ってきた。

「え？」

さっきの「え？」とは違った意味の「え？」だ。

なんで……俺はここにいるんだ？

まわりを見た。

どこかのお屋敷の大広間って感じだ。

いろんな人がいて、パーティーをしているみたい。

俺は何故《なぜ》かそこにいた、さっきまで仕事終わりの晩酌《ばんしゃく》をしていたはずなのに……って。

「ええええ!?」

三回目の「え」は、前の二回よりも盛大に声が出てしまった。

自分の体を見る、手の平を開いてじっと見る。

俺……子供になってる？

顔をべたべた触る。

どんなにしわがない、というかヒゲがまったくない！

どんなに丁寧に剃《そ》っても残るあのジョリジョリ感が一切しない。

というか肌が瑞々《みずみず》しい！　すべすべだ。

さっきまで仕事終わりの晩酌をしていたはずなのに、気がついたら子供になってた。

自分で言ってても意味が分からない、頭がどうにかなりそうだった。

「どうした、リアムよ」

遠くから渋い男の声が聞こえた。

瞬間、宴のざわざわが少しトーンダウンした。

何事かと思っていると、そばの女の人――なんとメイドが俺に耳打ちして。

「お坊ちゃま、旦那様がお呼びです」

「え？」

メイドが目配せしてくれる視線を追っていくと、宴会場になっているこの場所の一番偉い人が座るところに、一人のお貴族様がいた。

貴族は多分お酒のせいで頬《ほお》が赤くなってて、まだ上機嫌なのが分かる目で俺を見つめている。

「あ、えっと……おめでとうございます？」

なんだか分からなくて、それでもめでたい席なのは分かったから、とりあえずそんな言葉を言ってみた。

すると、お貴族様は満足げに、

「うむ、今日はお前も楽しんでいけ」

と言った。

とりあえずは凌《しの》ぎきった。

俺はほっとして、目立たないようにした。

そうして、まわりを見回して、聞き耳を立てて、情報をかき集める。

三十分くらいそれに徹した結果、いくつか分かってきた。

まず、俺の――何故か俺が入ってるこの子供の名前はリアム・ハミルトンという。

伯爵家ハミルトン家の五男だ。

そして、この宴会は、ハミルトンの当主――さっき俺に話しかけてきたお貴族様が、五人続いた男の子の後、初めて娘が生まれたから開いた宴会だ。

宴会はハミルトンの当主と正妻、そして娘を産んだ側室、さらには息子の五人で開かれている。

そこまでは分かった。

分からないのは……なぜ俺がリアム・ハミルトンになっているのかということだ。

☆

夜が明けても、俺はリアムのままだった。

夢とか幻とかそういうのかもしれないから昨夜の宴会が終わったらさっさと寝たが、起きても十二歳の少年、リアムのままだった。

ベッドの上でまたしてもべたべた自分の顔を触る。

ちょっとだけ心許《こころもと》ない。

ヒゲというのは男の証《あかし》だ。

（元が）童顔の俺にとって、仕事をする時ヒゲのありなしで任せてもらえる仕事にかなりの差が出る。

いい仕事――美味《おい》しい仕事。

責任が求められる仕事は、ヒゲをちゃんとしないともらえないことが多い。

そういう生活を長く送ってきたから、ヒゲの無い状態はかなり不安だ。

「おはようございます、リアムお坊ちゃま」

ドアが開いて、メイドが入ってきた。

二十歳くらいの若いメイドだ。

「お、おはよう」

「本日はどちらになさいますか」

メイドは押してきたワゴンを俺に見せた。

ワゴンの上には服が三着載っている。

「どちらって……選べるのか？」

「はい」

なんでそんな事を聞くの？　って顔をするメイド。

その日着る服を選べるなんて……本当に貴族だな……。

☆

元に戻る気配がやっぱりなくて、俺はもっと現状を把握するために、それとなくメイドから色々聞き出した。

☆

まず、昨日のパーティーだ。

貴族というのは、三代目までその位を継承出来る。

三代受け継ぐまでに何か国に対する功績を挙げられれば継承延長が出来るが、ずっとそれがなければ四代目からは平民だ。

今の当主、リアム《俺》の父親チャールズ・ハミルトンはその三代目だ。

自分の代で功績を立てなければ次からは平民だ。

そして、功績の中で一番簡単なのは、皇帝の妃に娘が選ばれる事。

それを狙っていたチャールズは立て続けに五人も男の子が生まれてしまい、ようやくの事で側室に娘が生まれたから、昨日はああして盛大にパーティーを開いたということみたいだ。

かくして、チャールズの頭の中には長男と娘の二人だけになった。

☆

「まあ、それでも俺達は貴族だからな」

リアムの兄、四男ブルーノが皮肉っぽく笑った。

俺の一つ上、十三歳という年齢を考えれば、微笑《ほほえ》ましい感じのニヒルな笑い方だ。

この年頃の男の子はこんな感じで意味不明なかっこつけ方をするもんだ。

そんなブルーノと一緒にいるのは、街の私塾。

朝着替えて、朝ご飯を食べた後、ブルーノと一緒にこの私塾にやってきた。

既にメイドからある程度の知識を引き出した俺が、「妹についてどう思う」と聞いたらさっきの台詞《せりふ》が返ってきた。

「こうして、私塾に通えるし、その後は自由気ままな毎日だ」

「自由気ままなのか」

「はっ、ありがたくて涙が出そうになるがな。私塾に通うのも不自由ない生活をさせるのも貴族の体面のため。ハミルトンはこれでも『最古の貴族』だからな」

「最古の貴族？」

「重ねた代の数が長いだけだが、その分体面は重んじるのさ」

「なるほど」

またちょっとだけ、現状が分かってきた。

最古の貴族か……それなら延長に繋《つな》がるかもしれない、娘が生まれた昨日のあの宴会もうなずける。

皇帝や皇子が身分の低い女を見初めて、その後一族がお妃様に乗っかって成り上がる――というのは物語や演劇では定番だ。

庶民だった俺でもよく知っている話。

いろいろ分かってきた。

分かってきた……けど。

本当に……なんで俺こうなってるんだ？

元の俺はどうなってる、いつ戻れるんだ？

もしこのまま戻れなかったら……？

「ほっほっほ」

気の抜ける笑い声と共に、一人の老人が部屋に入ってきた。

いかにも好々爺《こうこうや》って感じの、口が悪い人がいえばぼけかけてるみたいな。

そんな感じの老人だ。

「お二人ともいらっしゃってますな。では本日の授業を始めますぞ」

「適当でいいぞジジイ。努力したってしょうがねえんだ」

ブルーノがまたニヒルな感じで、全て悟りきった風な感じで言った。

「そうですか？」

「ああ、貴族の四男に生まれたんだ、この先割り切って人生を楽しめればいいのさ」

「……」

割り切って、人生を楽しむ。

俺も、そうした方がいいのかな。

☆

「魔法？」

身が入らない授業が終わった後、俺の質問に怪訝《けげん》そうな顔をするブルーノ。

「うん、魔法を学びたいんだ」

「お前変わってんな」

呆《あき》れるブルーノだが、俺がこんなことを言い出したのにはもちろん理由がある。

魔法は、私塾以上の「知識」だ。

そしてその知識は「武器」で、ほとんどが皇族や貴族に独占されている。

平民だった俺は、魔法という存在を知っているし、お貴族様が使ったところも見た事があるけど、どうやって使うのかも、そもそもどうやって覚えるのかも分からない。

ブルーノの「割り切って楽しむ」と聞いて、俺は真っ先に、だったら魔法を覚えたいと思った。

「ダメなのか？」

「んなことはねえよ。屋敷に書庫があっただろ？」

「うん」

本当は知らないけど、頷《うなず》いておいた。

書庫の存在は「リアム」なら知っていて当然だし、後で遠回しにメイドの誰かに場所を聞けばいい。

「そこに魔導書があるから、勝手に読めば。まっ、魔法の才能なんて百人に一人くらいしかないから、無駄な努力だと思うがね」

ブルーノは最後まで、ニヒルで達観したキャラのまま、私塾から立ち去った。

書庫の事を聞いた俺は、一直線に屋敷に戻っていく。

初めての街、色々と気になるものもあったが、今はまず魔法。

そう思って、脇目も振らずに屋敷に戻った。

屋敷の中に戻ると、メイドが俺を出迎えた。

「お帰りなさいませ、リアム坊ちゃま」

「書庫はどこだ？」

「えっと……」

ご存じないのですか？　みたいな顔で見られた。

「いいから、つれてって」

ブルーノに「自由に見られる」みたいな事を言われて、興奮したせいなのかもしれない。

遠回しに聞くこととか出来なくて、ストレートに「書庫はどこ」って聞いてしまった。

メイドは不思議がりつつも、そこは一応「お坊ちゃま」、五男とはいえ貴族のご子息。

彼女はしずしずと、俺を案内した。

つれてこられた荘厳なドアの部屋。

そのドアを開き、中に入る。

開けた瞬間、奇妙な匂いがした。

「なんだ、この匂いは」

「本の匂いですね、本が多くて閉め切った部屋だとこうなります」

「そうか」

庶民の俺には無縁だった「本の部屋」、初めての匂いの正体が分かった後、俺は中に入った。

本棚にしまわれている本の背表紙を見る。

そして探す、自分の目的の本を。

すると、『初級火炎魔法』というタイトルの本を見つけた。

俺はそれを手に取って、開く。

最初のページから読んでいく。

最初はまわりくどい前置きだった。

火炎の魔法とはなんぞやから始まって、温度を上げるのは魔法の中でも簡単な方だから、百人に一人は使える才能があるといっている。

逆に氷の魔法（火炎魔法の本なのに）は、温度を下げるのは難しいから、千人に一人の才能だって書かれていた。

その辺の事をまるっと読み飛ばして、俺は実践する方法を書いたページをめくった。

最初は、立てた指先にロウソクのような炎をともすところからだ。

それをするための集中の仕方、呼吸の仕方、体の動かし方……などなど。

それが書かれていた。
俺は一つ一つ、実践していった。
書かれた通りに目を閉じて集中して、今までしたことのないような呼吸の仕方をする。
そして書かれた通り――力を指先に込める！
「――っ！　出た、魔法だ！」
「すごい、おめでとうございます」
俺をここまで案内してきたメイドが拍手した。
自分が立てた人差し指の先で揺らめく、ロウソクのような小さな火。
そして本棚を見る、他にも色々と魔法の本――魔導書があった。
今でも何が起きたのか、まるで分からないが。
魔法を覚えた、この先も覚えられる。
訳が分からないまま始まった貴族人生だけど、俺は大いにワクワクしだすのだった。

.02

「あ、あのぉ……」

書斎の中。

リアムの父親、チャールズ・ハミルトンが立派な執務机で何か書き物をしている。

俺《おれ》が部屋に入ってきてからも、一度も顔を上げることなく、ずっと何かを書き続けている。

「リアムか、なんだ」

チャールズは顔を上げないまま聞いてきた。

「その、魔導書のことなんですけど」

「魔導書？　何かあったのか？」

「いや、書庫にある魔導書って持ち出してもいいんですか、と」

昨日この体に乗り移ったばかりの俺。

いきなり貴族になって、作法とかまるで分からないまま、敬語もどう使っていいのか分からないまま、たどたどしくチャールズに聞いた。

「魔導書の持ち出し？　読みたいのか」

「はい」

「勝手にしろ」

「あっ、はい。ありがとうございます」

「他になにかあるのか？」

「いえ、それだけです」

「だったら下がれ、私は忙しい」

「わ、分かりました」

俺は身を翻《ひるがえ》して、書斎から立ち去ろうとする。

最後に振り向いてチャールズを見るが、向こうはずっと何かを書いていて、こっちを見ない。

廊下に出た、ドアを後ろ手で閉めた。

入室して、話して、退出した。

その間、チャールズは一度も顔を上げることはなかった。

拒絶さえもされない。

ただただ無関心。

「ブルーノの気持ちが少し分かるな」

思春期でグレて、将来に希望無しといって学ぶ事をやめた四男にちょっとだけ共感を覚えた。

☆

許可を得た俺は、書庫から魔導書を持ち出して、屋敷の庭に出た。

この地の領主でもあるハミルトン家は、屋敷といってもちょっとした「お城」みたいな広さだ。

庭に続く裏にある林など、ちょっとした村が一つ丸々収まってしまう位には広い。

何せ、建物から出る前に、近くにいたメイドを捕まえて「どこまでハミルトン家の物？」って聞いたら。

「見えている所全てでございます」

というものすごい答えが返ってきた。

お貴族様ってやっぱりすごいんだな。

ちなみにこのまま代替わりして、平民になってしまうと、領地どころかこの屋敷さえも国に召し上げられるらしい。

そりゃあ必死にもなるな、と思った。

そんなだだっ広い、ハミルトン家所有の林に入って、ほどよく開けたところで、地べたに腰を下ろして、『初級火炎魔法』の魔導書を開いた。

両手で魔導書を開いたまま、書かれてる事を実践する。

集中して、呼吸の仕方を実践して、強くイメージする。

三分くらい集中してやり続けていると、目の前の約一メートルくらいのところに、薄く長く伸ばされた「炎」が現われた。

炎の刃《やいば》、初級火炎魔法の一つだ。

魔導書が「魔導書」たるゆえんは、それが「ガイドブック」になっているという点だ。

魔導書を持ったままだと、覚えていない魔法を使うことが出来る、魔導書がサポートしてその魔法を使えるようになる。

ただし使えるまでが長いし、魔導書を持っていない時は使えない。

実際、試しに魔導書を手放してみると、作り出した炎の刃がたちまち消えてなくなった。

「毎日こなせば、徐々に発動間隔が短くなる、最終的には本書無しでも発動出来るように身につく、か」

開いた魔導書のページを読みあげる。

要するに赤ん坊のよちよち歩きの時に与える歩行器みたいなもんか。

魔導書を持ったまま魔法を練習し続けると、最終的には魔導書無しでも使える様になる。

憧れの魔法は意外と簡単だし、お貴族様達がそれを大事に財産としてしまっておく理由も分かる。

俺は、魔導書で炎の刃――フレイムカッターの練習を続けた。

他にやることはなかった。

この体に乗り移る前までなら、毎日仕事に行かなきゃならないところだが、リアムになってからはそうする必要はない。

むしろ五男とはいえ貴族だ。

あくせくと働くのはみっともない行為だと見なされる。

働く必要がなくなった俺は、魔法の練習だけを続けた。

憧れの魔法の練習が出来るのは嬉しいから、毎日毎日魔法の練習を続けた。

魔導書を持った発動の時間が日に日に短くなっていく。

それがはっきりと体感出来て、練習にも身が入る。

来る日も来る日も、俺は魔法の練習を続けた。

☆

「いたいた、こんなところで遊んでたのか」

「ん？　ブルーノ兄さん」

この日、林でいつものように練習をしていたら、ブルーノがやってきた。

リアムになってから早一ヶ月、ハミルトン家の事はかなり分かってきたし、慣れてもきた。

俺は何の違和感もなく、グレかけの四男ブルーノを兄と呼んだ。

そのブルーノは「はっ」って顔で、大股で近づいてくる。

「魔法の練習をしてるんだってな」

「うん、父上に魔導書の使用許可はもらってるよ」

「そんなの知ってる、当たり前だろ。あいつは今、サラをどうにかして妃か次の皇后にする事しか頭にない、俺達のことなんてどうだっていいのさ」

「あはは……」

ブルーノの言うとおりだった。

俺が魔導書の許可をもらいに行った時もそうで、この一ヶ月ずっとそうだった。

まともに目を合わせたことは無く、会話をしてもチャールズはいつも別の事をしている。

「で、どこまで覚えたんだよ。やってみろよ」

「うん、そうだね……」

俺は魔導書を地面に置いた。

ちなみに魔導書は特殊なマテリアルコーティングってのをされてて、よほどの魔力による攻撃でもなければ傷はつかないし汚れもしない。

魔導書を置いた俺は、目を閉じて集中し、目の前に炎の刃——フレイムカッターを作り出した。

「こんな感じかな」

「……え？」

「どうしたの兄さん」

「ま、魔導書無しで……魔法を使える？」

「へ？」

「ば、ばかな。魔法を完全に覚える、魔導書なしで使えるようになるには普通一年はかかるはず……わずか一ヶ月で覚えたというのか……？」

ブルーノは、思いっきり驚いていた。

.03

「どうやったらそんな短い期間で覚えられたんだ！」

「どうやったらって……」

ブルーノの剣幕に気圧《けお》された。

自分が何かまずいことでもしてしまったんじゃないか、みたいな気分になって、俺はこれまでやってきた事を思い返した。

「普通に、毎日魔導書通りにやっただけだけど」

「すると……その魔導書がすごいのか？　いやあり得る、うちは『最古の貴族』、書庫にとんでもねえ代物が眠ってたとしてもおかしくねえ」

ブルーノは下あごを摘《つ》まんで、ぶつぶつと何かをつぶやいていた。

何となく邪魔するのも気が引けるから、しばらくじっと見守っていたら。

「おいリアム、それを貸せ」

「う、うん。分かった」

またまた剣幕におされて、俺は『初級火炎魔法』の魔導書を渡した。

ブルーノはそれを開いて、俺がここ一ヶ月ずっと見ていたページを見つめ、同じことを始める。

彼が魔法の練習を始めるのなら、ここは邪魔しないでどっかに行ってよう——。

「なあ、リアム」

「え？」

立ち去ろうとした俺を、ブルーノが呼び止めた。

びっくりして振り向く。

すると、ブルーノは魔導書を見つめたままだが、いかにも面倒臭そう、って顔をしているのが見えた。

そんな顔をしながら、話しかけてくる。

「お前、そんなに頑張ってよ、当主にでもなりてえのか？」

「当主に？　なんで？」

「オヤジと一緒だからだよ」

「……？」

一緒？　チャールズ……父上と？

なにが一緒なんだろうか。

「まさか知らないのか？　オヤジがあんなにしゃかりきになってる理由を」

「理由……あるのか？」

「ほら、貴族ってある程度年がいったら家督を譲るのが常識だろ？」

「そうなんだ」

それは知らなかった。

俺の考えてることを、ブルーノは正確に読み取った。

「やっぱり知らなかったのか。まあ、のんびり屋のお前らしい。貴族の家督ってよ、死んだ後に移すとごたつくんだよ。そうなるよりかは、生きてて権力を持ってるうちに譲った方が、その後の混乱を収められるんだよ」

「へえ」

その発想はなかった。

お貴族様ってのも大変なんだな。

「それをやった方がもめねえですむ。まあそれで、俺達も気ままに過ごせるんだがよ」

「なるほど」

「だがよ、そこで問題が一つ出てくる。うちはオヤジが譲った瞬間、四代目になって貴族返上、庶民転落だ」

「……あっ」

「家督を譲った後も、仕事丸投げして、権力をもったまま楽しむのが当たり前なのに、このままじゃそれが出来ねえから、オヤジは必死なんだよ」

なるほど……。

確かに、よく考えたら、自分の次の代が平民になるからといって、そこまで必死になるのもおかしい話だ。

父上のそれは鬼気迫っている、まるで自分の事のように。

なるほど、そういう理由があるからだったのか――。

「ああもう面倒くせえ！」

「え？」

いきなりブルーノがかんしゃくを起こした。

何事かと思っていると、彼は魔導書を俺に投げつけた。

「こんなめんどいことやってられるか！　じゃあな！」

そう言って、大股で立ち去った。

「……」

俺は苦笑いした。

練習を始めてから、まだ十分も経ってないだろうに。

まあでも、魔導書が俺の手元に戻ってきたんだ。

これでまた、練習出来る。

☆

数日後、俺は書庫に向かった。

前に持ち出した『初級火炎魔法』の魔法は全部覚えた、今度は『初級氷結魔法』の魔導書を持ち出した。

持ち出した魔導書を、林まで行くのを待ちきれずに、早速練習を始める。

火炎魔法は百人に一人の割合で使える、でも氷結魔法は、温度を上げるよりも下げる方が難しいから、千人に一人らしい。

その説明は普通に納得出来た。

魔法を使わないで火をおこすのは簡単だが、氷を作るのは無理だ。

そんなの、季節を待つ以外方法はない。

だから難しくて、魔法でも出来る人間は少ないのは納得だ。

だからこそ、ワクワクした。

憧れの魔法、しかも難しい氷結魔法。

それが出来たらどんなに楽しいだろうか。

俺は廊下を歩きながら、魔導書で氷結魔法の練習をした。

火炎魔法の時もそうだが、いくつかは魔導書にそのまま魔法を使うのがある。

魔導書を補助に使うから、直接かけた方が、魔導書もサポートしやすいらしい。

魔導書のマテリアルコーティングも、そのためにあるらしい。

だから俺はやってみたが——。

「うわっ！」

上手く行かなくて、魔導書が燃えた。

氷結魔法を使おうとしたのに、火炎魔法のファイヤーボールを魔導書にかけてしまった。

炎上する魔導書、びっくりして取り落とす。

慌てて拾い上げて、炎を消す。

「誰だこんなところで火を使っているのは——リアムか」

「父上！」

俺はますます慌てた。

声の方を向いた。

すると父上が執事に何かを話しながら、こっちに向かってくる。

多分どっかに行く途中だろう。

なぜなら、父上の目は相変わらずこっちを向いていない。

「廊下で火を使うな……それは魔導書か？」

「はい」

「初級氷結魔法……うん？　今のは火ではなかったか？」

「はい、すみません。氷結は難しくて、火炎魔法が出てしまいました」

「そうか……なんだと？」

そのまま立ち去りかけた父上、立ち止まってこっちを向いた。

初めて――視線が交わされる。

「お前……魔法を勉強していたのか？」

「……はい」

どう答えていいのか迷って、俺はとりあえず頷いた。

魔導書を使う許可をもらいに行ったはずなのに……覚えてないのか。

父上はしばらく俺を見つめた。

「魔導書がなくても使えるということは、火炎魔法はマスターしたんだな？　いつから勉強していた」

「一ヶ月前です」

「一ヶ月前だと!?」

驚愕《きょうがく》する父上。

「一ヶ月で魔法を覚えたというのか？」

「はい」

「才能が……あった？」

俺を見つめる父上。

その目は、初めてこのリアムの体で目覚めた時、あの宴会の時。

娘が生まれた時の目と、ほとんど一緒だった。

.04

「……氷結魔法はもう覚えたのか？」

父上は真剣な顔で俺をしばらく見つめたあと、それを聞いてきた。

「いいえ、今日から始めるところです」

「ふむ。私の前でやってみせろ」

父上はそう言って、身を翻して歩き出した。

ポカーンとしていると、そばにいた執事がついて行くように目配せした。

慌てて後をついて行くと、暖炉のある広めの居間に連れて来られた。

父上は途中で連れて来たメイドに椅子を引かせてそこに座った。

「さあ、やってみろ」

「う、うん」

ちょっと戸惑ったが、よく考えたらやることはかわらない。

火炎魔法の時で大分分かった、どのみち最初の内は魔導書頼みで、大した事は出来ない。

だから俺は割り切って、入門的な事から始めた。

魔導書を開いて、書かれていることを実行する。

ちょっとびっくりしたのが、火炎魔法に対する氷結魔法——ということでやることは正反対だって想像していたけど、それは全くの見当外れだ。

火炎は力を込めるのなら、氷結は力をぬいて——っていうのがやる前の予想だ。

だが実際は違って、氷結魔法も思いっきり力を込める事を要求された。

呼吸法、力の込めかた、それが体の中を流れるイメージ。

全部、魔導書に書かれたとおり丁寧に実行した。

どれだけ時間が経っただろうか、俺が持っている魔導書がうっすらと、表面が凍りついた。

「出来た……」

「なんと！　本当だ……凍っている」

椅子から立ち上がって、俺のそばにやってきて、魔導書に触れて確認する。

魔導書がひんやり、そしてパリパリに凍っているのを確認して、驚く父上。

「これは……なんという……」

「おめでとうございます」

ずっと父上の横についていた執事が頭をさげて言った。

魔法を成功した俺にじゃなくて、父上に向かって「おめでとう」と言った。

なんでそっちなんだ？

「うむ！　天は私に味方した！」

父上は頷き、直後に見た事もないような、上機嫌な顔になった。

こんなに機嫌が良いのは初めて見る。

あの宴の時でさえここまでではなかった。

「リアムよ」

「は、はい」

「魔法は好きか？」

「え？　あっ、はい。好きです」

「よし、ならばもっと魔導書を集めてやろう。欲しいと思った魔導書があれば遠慮無く私に言え」

「え、う、うん」

何をそんなに上機嫌になっているのか分からないけど、憧れの魔法を覚える魔導書を集めてくるっていうのなら――ありがたくそれをもらおう。

「さあ、もっとやって見せろ」

「うん」

俺は再び、魔導書の魔法の練習に集中しようとしたが。

コンコンとドアがノックされた。

執事が向かって行き、ドアを開けて、ノックした相手が何かを話したのに耳を傾けた。

一通り聞いたあと、ドアを閉めて戻ってくる。

そして、父上の耳元で。

「旦那様、例の男が……」

「なに？　私の領地に逃げ込んだというのか？」

「おそらくは、ということのようです」

「むぅ……」

さっきまでの上機嫌とうってかわって、父上は苦虫をかみつぶしたような顔になってしまった。

そして何も言わないまま、俺を置いて、執事を連れて部屋から出た。

何だったんだろう。

☆

次の日、俺は初級氷結魔法の魔導書を持って、いつものように林にやってきた。

父上が「なんでも魔導書を集めてやる」と言ってはくれたものの、魔法はそんなに簡単なモノじゃない。

一つ一つ、地道に毎日繰り返して、身につけていく物だと、この一ヶ月の貴族生活で理解した。

だから俺はまず、初級氷結魔法を、初級火炎魔法と同じように、すべて身につけようとした。

そう思って、いつもの場所に向かった——のだが。

「……だれ？」

そこに先客がいた。

林の奥の、少し開けたところに一人の男がいた。

男は木を背にして、ぐったりとしたようすで地べたに座っている。

俺が声をあげると、向こうも顔をあげてこっちを見た。

「その格好……ハミルトンの息子、か」

「え？　ああ、うん。リアム・ハミルトンっていう」

何となく名乗ってみた。

「ドジったな、俺も。灯台もと暗しって思ってたんだが、まさか初日にここに来るとは」

「……？」

「まあ、これも運命。さあ、好きにしろ」

「えっと……何を」

「……俺を捕まえにきたんじゃないのか？」

「なんで？」

「……」

男はしばらく俺をじっと見つめた。

観察するような目だ。

心の奥底まで見透かされそうな感じがして、ちょっと居心地が悪かった。

そうやってしばらく見つめられていたが、やがて男は「ふっ」と口角をつり上げるように笑って。

「俺も神経が尖《とが》り過ぎてたな、本当に動きを掴《つか》まれてたら、こんな子供を差し向けてくるはずがない」

と、言った。

訳が分からないが、とりあえずは誤解？　みたいなのが解けたみたいだ。

「へえ、魔法を勉強してるのか」

男は俺が持っている魔導書に気が付いた。

「それを見せてもらえるかな」

「え？　ああうん」

俺は魔導書を渡した。

渡してから、まずいかもしれないと思った。

ブルーノとか父上とちがって、この男は他人だ。

そして魔導書は貴族にとっては財産。

それを渡してよかったのか？　と、貴族になってまだ一ヶ月しか経ってないから、渡した後に思い出した。

どうしようかなって思っていると。

「へえ、すごいな」

「え？　何が？」

「最後にこれを使ったのは君か？」

「うん」

「なら、この残存魔力は君のものだ。ふむ、これほどの才能はなかなかみないぞ」

男は地べたに座ったまま、魔導書と俺を交互に見比べる。

「あの……そろそろ返してもらえませんか」

「ああ、悪い悪い」

男はそう言って、普通に魔導書を返してくれた。

俺の考えすぎか。

ちょっと邪推してしまったせいで、俺が勝手に気まずさを感じた。

それをごまかすために、魔導書で魔法の練習を始めた。

初級の氷結魔法、それを魔導書通りにやる。

しばらくの間、黙ってそれを見ていた男だったが。

「もっと、効率のいいやり方を知りたくないか？」

「効率のいいやり方？」

「そう。ああ、なにも変な話をするわけじゃない。初級の魔法だろ？　なら繰り返して身につくって段階だろ。それは変わらない」

「はあ……」

「俺が言ってるのは――こういうことだ」

男はそう言って、座ったまま右手を伸ばした。

手の平を「パー」の形にして、俺に突き出す。

そして、五本の指それぞれに、違う魔法を使った。

人差し指は炎、中指は氷、薬指は電気を纏《まと》っていて、小指にはつむじ風が渦巻いている。

そして親指は、熱した鉄の棒のように光っていた。

「こんな風に、同時に魔法を使うって話だ。その魔導書は俺も知ってる。アイスニードル、フローズン、コールドネイル——まあ色々あるだろ？」

「で、お前いま、それを順にやろうとしてるだろ？　そうじゃなくて、全部をまとめてやれば、その分の時間が短縮出来るって話だ」

「で、出来るのですか？」

「ほれ」

男は自分が突き出した右手を強調した。

「た、たしかに出来ている……どうすれば出来るんですか」

「おっ？　いいねいいね、君、貴族にありがちな無駄なプライドが染みついてないね。普通の貴族のお坊ちゃんならここでプライドに邪魔されてお願いとか出来ないもんだ」

「えっと……」

俺は苦笑いした。

だって、貴族じゃないから。

一ヶ月前に何故かこの体に乗り移っただけで、俺はもともと貴族じゃない。

そういうプライドはよく分からない。

「まずは確認だ。地面に図形を描いてみろ。右手で円、左手で四角。同時にだ」

「はあ……」

何の確認なんだろう、と思いつつも、俺は言われた通りそれをやった。

二本の人差し指を突き出して、それぞれ円と四角を描く。

「おっ、上手い。練習したことがあるのか？」

「ううん、普通にやっただけ」

「なら、相性が抜群って事だ。それが出来るなら小手先のテクニックはいらない。覚えてる魔法を左手と右手で、それぞれ違うものを使ってみろ。俺がやって見せた後だ、その残滓《ざんし》で今なら出来るだろう」

俺は言われたとおりに、右手にフレイムカッター、左手にファイヤーボールを使った。

それはあっさり出来てしまった。

「なるほど」

と、俺は納得した感じで頷いたが。

俺は知らなかった。

同時に違う魔法を使うのは、百万人に一人レベルの、ものすごく難しい「秘法」レベルのテクニックだという事を。

この時の俺はまだ知らなかった。

.05

「面白い、実に面白いな」

「面白い？」

「今度は三つ同時にやってみろ」

「はあ……分かりました」

何も分からないけど、とりあえず分かったと言いながら、言われたとおりに三つをやってみる。

炎の玉、ファイヤーボール。

炎の刃、フレイムカッター。

ほんのりと熱くなる地面、ホットフロア。

初級火炎魔法の魔導書から学んだ魔法の中から選んで三つ、同時にこなした。

「出来た――あっ」

瞬間、ファイヤーボールがはじけ飛んだ。

爆発したとかじゃなくて、炎である事を維持出来なくて消えた。

シャボン玉が消えた、その程度の感覚で消えた。

「ダメだった」

「いやいい、今ので成功だ。面白いな君」

「え？」

「ちゃんと出来てる、今のは純粋に魔力が足りなかっただけだ。この技法は別々で使うよりも、それぞれの魔法に二倍近くの魔力を消費するからな」

「そうなんだ……」

「その歳で三つを『起動』まで持って行けたのは既にかなりの物だ。三つ同時、というのはもっとすごいことだが」

男は更に上機嫌になった。

俺が三つ同時に出来たことが嬉しくてたまらないという様子。

「魔力が足りないなら、ここから先は口頭での説明だ。そこにすわって」

「はい」

俺は素直に従った。

素性どころか、未だ名前さえも知らない相手だけど、俺の中ではもう、彼を師匠のように思っていた。

「この技法を突き詰めていくと、途中で意味のない障害にぶち当たる事になる」

「意味のない障害？」

「そうだ。答えから言うと、この技法は素数の数でしか発動しない。素数は分かるか？」

「いいえ」

「そうか。ならそれは自分で調べろ。貴族なら私塾に行ってるだろう。何が素数になるのかだけ教える」

男は動かず、俺との間の地面を見た。

するとと、地面がひとりでに、棒でひっかいたように文字を書き出した。

文字と言うより、数字だ。
二、三、五、七、一一、一三、一七――
「これらが素数だ」

「はあ」

「で、順調に覚えていくと、まず四でつまずく。どうやっても成功しない。たとえ五つ同時が出来るようになっても、四は出来ない。そういうもんだ」

「なるほど。つまり、出来もしない四……とか六とかで延々とはまるわけですね」

「いいぞ、君は頭も賢いみたいだ。だがちょっと違う。四を超えたら、その経験もあるから、六はそれほどはまらない」

「あ、そっか」

「ちなみにその次にはまるのが九だ。それまでの経験で『偶数は無理』ってなるからな。でもある日ふっと気づくんだ。あれ？　そもそも最初は二からはじまってるんじゃ……ってな」

「はあ……なるほど」

俺は男が書いた数字を眺めた。

まだよく「素数」というのが分からないけど、この数字達は覚えておこう。

書かれているものだけなら、そんなに難しくはない。すぐに覚えた。

「ちなみにこれが俺の限界」

男はそう言って、同時に様々な魔法を使った。

炎、氷、雷に風——

多種多様な魔法が同時に発動して、空中に浮かんでいた。

「一三、ですね」

「ああ。俺の体感では、魔力的には一六までいけるが、一六は発動しない、一三の次は一七だ。この技法であえて弱点をあげるんならそこだ。多少の成長は下にあわせちゃうから意味がない、一三も一四も一五も一六も同じく一三だ」

「でも、一七になると一気に成長するんですよね」

「そういうことだ」

男はにやりと笑った。

「君はやっぱり賢いな。年はいくつだ？　十二？　三くらいか？」

「えっと、十二です」

本当はもっと年上、だとは言えなかった。

そもそも、なぜこの肉体に乗り移ったのかも分からないから。

「十二でそれくらい賢いと将来有望だな。いずれ俺も超えられるかもしれない」

「そうでしょうか」

「若さは武器だ。ついでにいえば、他人の言葉に耳を貸すことが出来るのはもっと武器だ」

「はあ……」

俺は曖昧《あいまい》に頷いた。

若さが武器なのはすごく同感だ。

この体に乗り移る直前なんか、翌日に来る筋肉痛とか、怪我をしてもなかなか治らないとかで困ってたくらいだ。

だけど、人の言葉に耳を貸す……それは普通のことなんじゃないだろうか。

男の視線が下がった。

俺がずっと持っていた、初級氷結魔法の魔導書を見ていた。

「魔導書か。他に持っているのか？」

「ないです。でももっと魔法を覚えたいので、父上がもっと集めてくれるって言ってました」

「覚えたいのか？」

「はい！」

俺は即答で、強く答えた。

憧れの魔法、もっともっと覚えたいと思っている。

「なら、これをやる」

男がそう言った後、何かがふわふわと飛んできて、俺の前に止まった。

俺の目の前の空中に浮いているもの、それは——

「指輪？」

「マジックペディアっていう」

「マジックペディア」

「平たく言えば魔導書だな」

「え？」

「厳密には、『一〇〇冊分の魔法の情報が詰まってる、マテリアルコーティングをした練習アイテム』、だ」

「一〇〇冊分の⁉　こ、これに？」

「ああ。まあ、それだけの代物だけどな。魔法が覚えやすかったりする事はない、ただ単に魔法がぎっしり詰まってるだけだ。一〇〇冊分持ち歩かなくていい、くらいのメリットしかない」

後半の言葉はほとんど入ってこなかった。

魔導書一〇〇冊分の魔法。

それだけでも、俺にはものすごい魅力的なもの。

浮いてる指輪をそっと手に取った瞬間。

三〇〇を超える魔法の名前が頭の中に浮かんだ。

「ま、まずはウインドシュート」

俺は早速、指輪を媒体に、頭の中に浮かび上がってきた手順とやり方を実行して、ウインドシュートを覚えようとした。

憧れの魔法が三〇〇個も、それが頭を支配して、指輪以外のことが入ってこなかった。

「やっぱり面白い。そのひたむきさが一番の武器だな」

.06

風の初級魔法。

初めてだから、上手く発動しない。

火炎とも氷結とも違う体とイメージの使い方だから、ちぐはぐで上手く行かない。

それまで問題なく使いこなせていた、ナイフとフォークを左右交換して使うような、そんな感じのちぐはぐ。

だが、それを問題とは感じなかった。

新しいものを覚えるんだから、最初はそんなもんだ。

俺は無心で、とにかく何も考えないで、ウインドシュートの練習を続けた。

始めてから一時間くらいして。

「出来た」

手を向けた先で、茂みの一角が大きく揺れた。

自然の風は吹いていない、俺の魔法によるものだ。

どうやら風魔法も覚えられるみたいだ、後は繰り返していけば——

「――ま、お坊ちゃま」

「え？」

意識に割り込んでくる声、驚いて振り向く。

すると、メイドが若干怒ったような顔で俺を睨《にら》んでいるのが見えた。

「ど、どうしたんだ」

「さっきからずっとお呼びしてました。一人でこんなところにいるのは危険です。旦那様のご指示でこの林では獣の類《たぐい》は駆除してませんので、毒虫や蛇もいます」

「ああいや、一人じゃ――」

そう言いかけてふりむいたが――あの男はいなかった。

「え？」

「どうしたんですか？」

「え？　ああ、いや……」

俺は男が座っていた場所と、不思議そうな顔をするメイドを交互に見比べた。

さっきまでいたのに……どこに？

まさか、幽霊？

そうなると……なかったことにした方がいいかな。

「ここに男の人いたよな」

とか言うと、変な目で見られそうだ。

一瞬のうちにそこまで頭を巡らせて、俺は話を逸《そ》らした。

「それより、俺に何の用だ？」

「あっ、はい。これをお届けに来ました」

「これは……魔導書？」

メイドが差し出したのは一冊の魔導書。

いままで見てきた魔導書に比べると格段に古びていて、『初級召喚魔法』って書かれていた。

「旦那様がお渡しするように、と」

「そうか、ありがとう。父上には後で直接お礼を言う、って伝えといて」

「かしこまりました」

メイドは深々と一礼して、身を翻して立ち去った。

その姿を見送って、見えなくなると。

「父親から魔導書か、いいタイミングにもらったじゃないか」

「ふぇっ！」

心臓が口から飛び出しそうなくらいびっくりした。

振り向くと、まったく同じところで、まったく同じポーズで座っている男の姿が再び見えるようになった。

「ど、どこに行ってたんですか？」

「どこにも行っちゃいない。魔法だ。インビジブルって魔法で姿を消してたのさ」

「なるほど……」

そういう魔法もあるのか。

「指輪の中にも入ってる。難しいが、ゆっくり覚えていけばいい」

「はい！」

「さて、ここに人が来る可能性がある以上、長くとどまってはいられないな」

「え？　そ、それって……」

どういう意味だ？

「最後にもうひとつ教えてやる。その魔導書を開いて、なんでもいい、魔法のページを開け」

「はい」

「で、魔導書に書かれてある内容を、指輪を使って練習してみろ」

「はあ……分かりました」

俺は魔導書を開いて、最初の魔法が書かれてあるページに目を通した。

火の下級精霊・サラマンダー召喚。

それを、書かれている方法でやってみた。

初めて使う魔法、いつも通りなら最初の効果発動まで短くて一時間――と思っていたから驚いた。

効果がすぐに現われた。

びっくりして、指輪をじっと見つめた。

「入ったか」

「こ、これは？」

「大した事じゃない、魔導書の内容をマジックペディアに取り込んだだけだ。その指輪の事は、白ページが延々余ってるノートと思えばいい」

「な、なるほど……」

「取り込むだけで、それ以上の効果は無いがな。まあ、荷物は減るだろ？」

男はにやりと笑った。

「はい！　すごく助かります！」

「他のも取り込んでみろ」

「はい！」

俺は父上が送ってきた魔導書から、書かれている残りの三つの召喚魔法を次々やってみた。

風の下級精霊・シルフ召喚。

水の下級精霊・ウンディーネ召喚。

土の下級精霊・ノーム召喚。

書き込むだけなら一瞬だから、すぐに終わった。

「終わりました――え？」

顔を上げると、もう男の姿はなかった。

またインビジブルか――と思ったが、すぐにそうじゃないって分かった。

『魔法頑張れ、またどこかで会おう。追伸　俺のことは誰にも話すな』

と、素数を教えてくれた時と同じように、文字が地面に書かれていた。

姿を消した訳じゃない、もうここにはいないんだって事が分かった。

「……」

俺は無言で、足でその字を消した。

理由は分からないが、言うなと言われたら言わない。

短い時間だったが、名前も知らないままだったが。

彼のことを、すっかり師匠だと、俺は思うようになったからだ。

☆

「なんと！　同時に⁉」

俺が魔法の練習をするところを見た父上が盛大に驚いた。

三つ同時だと、一つがすぐに消えてろくな練習にならない、魔力がまだ足りない。

だから俺は、二つ同時に練習した。

魔導書――今はマジックペディアだが――で魔法を覚えるには、とにかく延々と繰り返し練習をするだけ。

二つ同時にというのは、効率が倍になるということだ。

それで俺は練習を続けた。

昼も晩も、とにかく続けた。

次第に魔力が上がって、同時発動出来る回数も増えた。
そうすると効率もまた上がった。
こうして、一ヶ月経った頃には。
同時発動出来る数が五つ、覚えた魔法が百に届いたのだった。

.07

ここ最近、魔法練習を兼ねた「ある事」をするのがマイブームだ。
俺は屋敷の裏、すっかり元の家よりも馴染《なじ》んできた林の中を歩いて回った。
歩き回って、地面を注意深く見つめ、ある物を探す。
今日も割りと早く見つかった。
木の下で、朝露を受けて育った、レククロ草という草。
その草が生えているまわりの土は、他とは明らかに違う色合いをしている。
「ノーム！」
土の下級精霊、ノームを召喚する。
まるでモグラのような見た目をした精霊が、俺の前に現われ浮かんでいる。
ちなみにノームというのは個体名じゃなく、種族名だ。

今の俺は魔法を五つ同時に行使出来る。召喚魔法も同じで、ノームを五体同時に召喚出来る。

だから、このノームも前に召喚したノームとは「別人」の可能性が非常に高い。

俺は「いつもの」って感じじゃなくて、分かるように詳しく説明した。

「レククロ草のまわりの、他とは違う色をした土を掘り起こして、俺の前で球状にまとめてくれ。草本体はよけてくれ」

ノームは頷いた。

直後、何かをするでも無く、レククロ草が生えてるまわりの土が浮かび上がって、ノームの横で球状の塊になった。

土の精霊であるノーム、土を操作することは、俺達人間が息をするのと同じで造作も無い事のようだ。

続いて、三発のファイヤーボールを放った。

炎が土の塊を包み込み、炎上させる。

「シルフ！」

最後に、同時五連の魔法の締めに、風の下級精霊・シルフを召喚。

すると、全身が裸で大人っぽい、ただし肌は緑色だしサイズは人間の三分の一の精霊が召喚された。

ちなみに人間基準で見た場合、それは女に見える。

「空気を操作してくれ、燃えてるあれが更に炎上するように」

シルフは頷いた。

ノームと違って振り向いて、口元にVサインのような形をした人差し指と中指を当てて、その

「Ⅴ」の間から息を吹き出す。

風が、炎を更に燃え盛らせた。

一直線に炎が空に上がっていくその様は、透明の長い煙突があるかのように見えた。

まさしく煙突と同じ効果で、土を燃やしている炎が強くなる。

五つの魔法を同時に使って、土を燃やした。

しばらくして、土がドロドロと溶け出した。

普通の土は燃やしてもそうそう溶ける物じゃない。

むしろ固まっていく物だ。

それを利用したのがねんどで、陶器なのだ。

が、目の前の土は溶け出した。

レククロ草が生えているまわりの土は、土のように見えて土ではなくなっている。

それ故《ゆえ》に溶けて——やがて、結晶が現われた。

レククロの結晶。

炎を消して、風を止めて、それを手にする。

六角柱状の結晶体になったそれを人差し指と親指で摘まんで、片目をつむってのぞき込む。

中は透き通っていて透明で、不純物が一切無かった。

このレククロの結晶は、結構いい値段で売れる。

効果はシンプル、魔法を使って消費した魔力を瞬時に回復するものだ。

単純にして明快、その効果と相まって結構いい稼ぎ——になるんだけど、五男とはいえ貴族、本来なら稼ぐ必要はない。

だけどこの十二歳の肉体に乗り移ってから二ヶ月しか経っていなくて、まだ前の肉体、元の人生の感覚が強く残っている。

働かないというのがどうにも落ち着かないものだ。

だから俺はこのレククロの結晶を作っている。

複数の工程があり、それを全てこの二ヶ月の間に覚えた初級魔法でまかなうことで、魔法の練習をしながら作っている。

レククロの結晶が徐々にたまっていく、魔法の練度も上がっていく。

一石二鳥の行動が、俺の魔力を日に日に高めていく。

☆

「リアムよ」

「あ、父上」

屋敷に戻ってくると、父上に呼び止められた。

まっすぐこっちを見つめてくる父上の下に駆け寄る。

俺が魔法を使えるって分かって以来、屋敷の中で出会うとこうして呼び止められるようになった。

最初の一ヶ月で、同じ屋敷の中にいながら話した言葉の数が十を下回る事を考えればものすごい変わり様だ。

「また、林に行っていたのか」

「はい。レククロの結晶を作ってました」

「ふむ、見せてみよ」

「はい」

俺は作ったばかりの結晶を取り出して、父上に渡した。

受け取った父上は、同じように人差し指と親指で摘まんで、目の前に持ってきてマジマジと観察する。

「相当の純度だな、九九・九九九％はある」

「そうなのですか？」

「純度が高ければ魔力の回復速度も上がる」

「はい」

不純物が魔力の吸収を妨げる。

レククロの結晶を初めて知った時の本にもそう書かれていた。

「この純度なら、近衛魔導師隊の、隊長クラスがいざという時のために持っておくものだ」

「そうなのですか？」

「どうやって作った」

「えっと……」

俺はやったことを説明した。

レククロ草に作り替えられた土を、土の精霊ノームを使役して抜き出してかためて、ファイヤーボール三つ分の火力を、更に風の精霊シルフを使って火力を高めて溶かして使った。

その工程を、包み隠さず話した。

その説明を聞いた父上は、文字通り息子の成長を褒める目で俺を見つめた。

「五つも同時に、通常の魔導師五人分の働きというわけだ」

「はい」

師匠からこの技を学んだ後に知ったことだが、この技はものすごく使える人間が少ない。

国に仕えている魔導師や、ギルドに登録している冒険者。

いわゆる「身元がはっきりしている」魔導師だと、世界で五人もいないという話だ。

それくらい珍しい特殊技能だったらしい。

「よくやった、これからも励むといい」

「はい」

親子になって二ヶ月ちょっとの相手でも、こうして目を見つめられ、褒められると嬉しいものだ。

.08

レククロ草を探して林の中を探索していると、一メートルくらいの段差の断面が、やけに黒くなっているのが目に入って、それが気になった。

なんだろうかと近づいて断面の土を手に取ってみる——

「ちがう、土じゃない。これは……砂鉄か？」

むしり取ったらつぶつぶになっているそれを一粒だけ試しに舌の上に乗せてみる。

ちゃんと鉄の味がした、やっぱり砂鉄だ。

断層を見る、結構な分量の砂鉄が埋まっていた。

鉄か……。

昔から野外でたまに砂鉄の層を見かける。

大抵は商業的に採掘する価値のない量だが、個人でなんとか使えれば生活はかなり助かるって量でもある。

まあ、大抵の場合それを掘って、街に持っていってお小遣いに換えてしまうんだが。

目の前の砂鉄は、ざっと目測で庶民の家一軒分くらいの量はある。

いわゆる商売にはならないけど、放っておくのももったいない。

鉄作りって……高熱が必要、だよな。

☆

一旦屋敷に戻って、書庫で書物を探してきた。

さすが貴族の蔵書、庶民には秘密にしている製鉄の方法を書いてある本がちゃんとあった。

五男とはいえこの肉体はれっきとした貴族。

俺は誰にもはばかることなく、製鉄の方法を読んできた。

そして、見つけた砂鉄の層に戻ってきた。

「ノーム！」

まずは、下級精霊のノームを召喚した。

現われたモグラのような見た目をした土の精霊に命じる。

「土で巨大な鍋を作って、テーブルの高さにうかべろ」

ノームは頷き、地面から土をとって、風呂桶《おけ》くらいのサイズの大鍋を作った。

俺はその鍋の中に砂鉄を放り込んだ。

まずはざっと、人間一人分の体積の量を。

「サラマンダー！」

今度は火の下級精霊、サラマンダーを召喚した。

サラマンダーは全身が炎で出来た、巨大なトカゲのような外見だ。

見た目は意外と愛嬌《あいきょう》があるんだが、いかんせん炎で出来ているから、触って愛《め》でたりする事は出来ない。

「鍋の中の砂鉄を熱しろ。徐々に温度を上げていけ、俺がストップと言ったらその温度を保て」

サラマンダーは無言で鍋の中に飛び込んだ。

鍋の中の砂鉄が徐々に赤くなっていく、やがて溶けて、粒と粒がくっつき合い、どろどろしたオレンジ色の液体になった。

「止まれ」

温度が上がると、色も変わる。

俺の命令でサラマンダーは温度を上げるのをやめて、色がそこで固定した。

ファイヤーボールじゃなくてサラマンダーを使ったのはこの温度調整の為だ。

レククロの結晶の時は、とにかく温度を上げるだけでよかった。

土が溶ける温度になったらそこでやめて冷やせばいい。

しかし製鉄はそうは行かない。

今回の場合、鉄が溶けて、土が溶けない温度に保たないといけない。

そうするには、ファイヤーボールじゃなくて、火の精霊を使う必要があった。

「ノーム」

同時三体目の精霊、ノームを呼び出した。

ちなみに魔法同時使用の判定は、精霊召喚の場合、精霊が存在している間は「同時」という扱いになる。

つまりかなり間が空いたが、今のこの瞬間は魔法を三つ同時に使っている状態だ。

それもあって、一定以上の魔力を持つ召喚士は下級精霊じゃなくて上級精霊をメインで召喚して使役する。一度に一体しか呼べないから、下級より上級って事になる。

閑話《かんわ》休題。

「土で『型』を作れ」

俺は二体目のノームに命令した。

型の形の詳細を伝えた。

二体目のノームは早速それを作った。

二十センチ四方の土のブロックを作って、上方に穴を開けて、中を空洞にする。

それを鍋の真下に置いて、今度は一体目のノームに。

「鍋底に穴を開けて、鉄をこの中にたらせ」

一体目のノームは言うとおりにした。

鍋の底に穴が開いて、鉄がドロッと溶けてきた。

このあたりは、自身が司る物をほぼ完全に操作出来る精霊ならでは。

鉄は、一分《いちぶ》の狂いもなく型に流れ込んだ。

「ストップ」

そして、号令すると、鍋の底が綺麗に塞《ふさ》がった。

型に流れ込んだ鉄は急速に冷えていく。

やがて、灼熱のオレンジ色じゃなくて、普通の鉄の色合いになった。

「型を外せ」

二体目のノームは綺麗に型——土を剥《は》がした。

一欠片《ひとかけら》も残ることなく、土がパージされた。

そこに残ったものは支えを失って、地面にガラン、と音を立てて落ちた。

土を浮かせられても、鉄には何も出来ないのがノームだ。

仕上げにウンディーネを呼び、すぐに触れられる様にそれを冷やす。

「ウンディーネ」

そして、拾い上げる。

綺麗な薔薇《ばら》だった。

花びらの一枚一枚まで良く出来ている、今にも薫《かお》ってきそうな、リアルな作りの薔薇だった。

「こんな精巧な鉄細工、見た事ないな」

思わず声にだしてつぶやくほど、我ながらの出来映えだった。

これが出来る鍛冶屋か細工師がいれば、その土地の名産になるくらい素晴らしいものだ。

本にも書いてあった。鉄を溶かすだけなら誰でも出来る、かまどの中に鉄鉱石や砂鉄を入れ大量の木炭をくべて燃やせばいい。

問題なのは溶けた物——手ではとても触れない物を、意の通りの形にする事。

俺は土を容器にした。

それは本で書かれていたこと。

だが、土だと表面が凸凹になったり、形は斧とかの切っ先とか、シンプルなものしか作れないとも書かれていた。

それを、俺はノームを駆使して、見た目も素晴らしい鉄の薔薇を作り出した。

完全に成功だ。
これが出来るんだ、黄金の薔薇だって——いや。
あらゆる金属で、望んだとおりの形に出来る。
五男貴族だからこそ、これを頑張って。
このスキルだけで、俺は一生食っていけるはず。
そう確信した。

.09

鉄の薔薇もいいが、金になるかどうかは分からない。
何せ実用品じゃない、どう見たって嗜好品《しこうひん》の類だ。
それで食って行くには不確定要素が多すぎる。
もっと何か他にないか、と思って頭をひねっていると、砂鉄の層が目に入った。
黒い砂鉄の層、黒い。
「……むしろ白、だな」
こっちは、本来の俺でも知っている知識だ。
屋敷に戻って、書庫で何かを調べてくるまでもなく、最初から持っている知識。

ただ、それをやる力がなかっただけ。

「よし」

まずは試しにやってみることにした。

フレイムカッターを使って、腕くらいにふとい幹を斬り落とした。

「ノーム」

土の精霊を召喚する、モグラが現われる。

「この幹を土で包み込め、空気を通さないほど密閉、てっぺんに小さな穴を一つ」

ノームは頷き、俺が持っていた幹を土で包んだ。

普通は泥でやるもんだが、泥は濡れている時はいいが、乾けば結局空気が入る。

その点ノームなら完全に土を操作して空気を通さないように出来るから、泥にする必要が無い。

「念のために……シルフ」

今度は風の精霊を召喚。

「空気のより分けは出来るか？　燃える空気と燃えない空気」

空気の中には、火がともせるものとそうじゃないものが存在する。

何かが違うのは分かるが、何が違うのかは具体的に分からない。

分かるのは、物を燃やすことが出来る空気と、そうじゃない空気があるということだけ。

それを聞くと、シルフははっきりと頷いた。

「なら、いまからこれを燃やす、これの中に燃えない空気を入れないようにしろ」

シルフは深く頷いた。

普通に考えればかなり無茶な事なんだが、そこは風を司る精霊。

空気のより分けはお手のものというところか。

これで良し――

「ファイヤーボール！」

同時魔法発動の残り三枠をファイヤーボールに使った。

火力を、とにかく火力を上げるために、サラマンダー召喚じゃなくてファイヤーボール三連にした。

純粋な火力、とにかく上げるだけなら、サラマンダー召喚よりもこっちの方が上だ。

そのファイヤーボールで土にくるんだ幹を焼いた。

みるみるうちに、穴から煙が吹き出した。

「穴を塞げノーム」

ノームは忠実に命令に従った、穴を塞いで煙が出ないようにした。

その土の塊を、ファイヤーボールで焼き続けた。

普通ではかなり難しい、完全密閉で、「燃えない空気」を通さない状態での、超高温加熱。

それを焼き続けること、十数分。

「そろそろかな。ノーム、炎が消えたら土を引っぺがせ」

命令したとおり、炎が消えたのとほぼ同時に、幹を包んでいる土が剥がれた。

そうして現われたのは、一回り細くなった白いもの。

元は腕くらい太い幹だったのが、白くて骨くらいの太さになった。

それを拾い上げる、中指の第二関節でノックするように叩いてみる。

カンカン。

澄んだ、金属音に近い音が出た。

俺が作ったのは木炭、しかも白炭と呼ばれる種類だ。

普通の木炭は黒い色をしている。

それは材木をある程度密閉して、ある程度の火で焼けば出来るものだ。

簡単に、大量に生産出来るから、庶民でも普通に買える。

そういう「黒炭」に対して、ものすごく密閉して、ものすごく高温で焼いた場合、白色になる「白炭」が出来あがる。

白炭は黒炭に比べて使った場合高温になる、そして何より、煙がほとんど出なくて、長持ちする。

特徴は叩いた時に金属だかガラスだかのような音になることと、黒炭に比べてかなり硬いことだ。

作るのが難しい事もあって、黒炭よりも高く取引されるが——高温を出せることと煙を出さないことから、結構いい値段で取引される。

その白炭を作れたのだが。

「太陽炭よりも白くて硬いんじゃないのか?」

太陽炭というのは、白炭の中で一番有名な——ブランドの炭のことだ。

由来はもちろん、燃やした時に出る超高温と、その色が太陽に見える事から来ている。

試しに燃やしてみた。

すると、前に一度だけ見た事のある、太陽炭よりも熱くて、まぶしい色で燃えはじめた。

「これは……もしかして……」

☆

「こ、これは……」

街の木炭ギルドに、あの後作った白炭をざっと一カゴ持ち込んだ。

ハミルトンの屋敷があるこのセラノイアには様々な職人がいて、様々なギルドがある。

庶民の生活に密着している木炭を取り扱う木炭ギルドもいくつかある。

その内の一つに持ち込んだ。

それを見たギルドのマスターがすぐに目の色を変えた。

「これは……どこかから買い付けてきたものなのか？」

「いや」

俺は首を振った。

「作り方は秘密だけど、魔法とだけ」

そう言って、サラマンダーを召喚して、肩の上にのせた。

作り方はメシの種そのものだ、ほとんどの職人は内緒にしてるから、むしろ秘密にする方があたりまえの事だ。

「それは火の精霊！　な、なるほど……」

精霊がからんでいるのならば、と納得するギルドマスター。

ギルドマスターは白炭を両手に一本ずつ持って、カンカン、と叩いた。

「いい音だ……これは……あの太陽炭にも劣らないぞ……」

「どうかな」

「こ、これをうちだけに卸してくれないか。他にもっていかないって約束してくれるのなら、値段は頑張らせてもらうから」

独占を希望するギルドマスター。

その反応から、この方法で作った白炭がかなりいい値段になると、俺は確信した。

.10

ギルドマスターとある程度の約束を交わして、木炭ギルドを出た。

貴族の五男、将来は何があっても独立しなきゃならない。

この白炭でその資金を貯める算段がついた。

ただ、これだけじゃだめだ。

なんでもそうだが、武器が一つだけだとそれがダメになった時に行き詰まる。

もうひとつ武器が欲しい、稼げる商品が欲しい。

それも、鉄の薔薇みたいな嗜好品じゃなくて、木炭みたいな、生活に密着した必需品がいい。

街中を歩きながら考えた。

必需品と言えば塩を真っ先に思いつく。

「ノーム」

土の精霊を召喚した。

すれ違う通行人がちょっとぎょっとして、「街中でなにやってんだこいつ」って顔をした。

それに構わず、ノームに聞く。

「例えば岩塩があったとして、塩とそれ以外の成分を分ける事って出来るか?」

ノームは深く頷いた。

なるほど、出来るのか。

それは強いな。

「ウンディーネ。海水から水だけを抜くことは?」

次に召喚したウンディーネも出来ると答えた。

つまり、海水でも岩塩でも、物さえあれば、精霊の召喚で質の高いものを作り出すことが出来る。

実際にやってみたいな……海水はともかく、林の中に岩塩、ちょっとでもいいからとれないかな。

そう思って屋敷に戻ろうとした。

途中で腹の虫が盛大に鳴った。

ちょっと何かを摘まんでいくか。

ポケットの中には、持ち込んだ分の白炭を買い取ってもらった現金があるしな。

俺は近くの屋台に入って、スープ麺《めん》を一人前注文した。

この二ヶ月で何回か街に出た感想だけど、ここの街の人は麺類がやたらと好きだ。

ちょっと歩けば麺料理をだす屋台があって、昼の時間帯になるとあっちこっちで行列が出来てたりする。

それくらい、ここの人は麺が大好きだ。

「……これだ」

☆

屋敷に戻って、すぐさま林に駆け込んだ。

すっかり俺の作業場になった林で、街で買ってきた生麺を取り出した。

この街で屋台が流行《はや》っている理由はもうひとつあった。

生麺は、保存が利かないからだ。

季節にもよるが、生の麺だとへたしたら一晩で腐ってしまう。

だからみんな店で食べる。

つまり逆に言えば、保存が利く麺があれば、それは商売になるって事だ。

「保存と言えば、冷やすか、乾かすか」

俺は少し考えて、まずは「失敗が見えてる」方からやってみた。

「フローズン！」

初級氷結魔法、フローズンをかけて生麺を凍らせた。

麺はカッチカチに凍った——が。

一分もしないうちに、表面に水滴がつき始めて、溶け始めていた。

「だろうな」

はっきりと、やる前から見えてる失敗、あえて失敗しただけだ。

氷は放っておけばすぐに溶ける。

三歳児でも分かることだ。

確かに凍らせれば保存は出来るが、凍ってもすぐに溶けるのだ。

可能性があるとすれば、もうひとつ。

乾かす、だ。

もう一玉の生麺を手に取った。

「サラマンダー、いやウンディーネ」

最初は火の精霊を召喚しようとした。

だが考えた結果、ウンディーネの方がイイと思った。

召喚された水の下級精霊に命じる。

「海水みたいに、ここから水だけを抜けるか？」

そう、俺は直前で塩の話を思い出したのだ。

ウンディーネは頷き、俺が持っている生麺から水分を抜き取った。

瞬く間に、柔らかかった生麺が、しなしなになって——さらにはカッチカチに硬くなっていった。

「よし」

ほとんど色も変わらない乾麺を見て、俺は満足した。

「念のために……サラマンダー」

今度は火の精霊も召喚した。

別の生麺を使って、黒焦《くろこ》げにしない様に、低温であぶらせた。

こっちも水分が抜けた、かかる時間はほとんど一緒だ。

だが、火を使った方の乾麺は、若干きつね色になっている。

俺は火をおこした。

持ってきた鍋で、二種類の乾麺をゆでた。

すると、ウンディーネで作った方はほぼ元通りだったのに、サラマンダーの方は若干きつね色だ。

食べ比べてみると……味は一緒だったが、サラマンダーの方はまずいと感じた。

「ああ……色がついてると味があるって思い込んじゃうからだ」

すぐに理由が分かった。

きつね色なのに、まったく味がしないから、その分の失望感でまずいって感じた。

味がついていたら、これはこれで——

「――っ！」

瞬間、頭の中で何かがひらめいた。

「……いける！」

その考えをまとめた瞬間、俺は勝利を確信した。

☆

俺は作った物を屋敷に持ち帰り、厨房《ちゅうぼう》にやってきた。

「お坊ちゃま、な、何が必要でしょうか」

厨房に若いメイドが一人いた。

メイドは慌てて俺のところに走ってきた。

「なんで慌ててるの？」

「すみません、お坊ちゃまに呼ばれていたのに気づかなくて」

「うん？……ああ、呼んでないから、こっちが勝手に来ただけだから」

「え？　そうだったんですか……」

メイドは見るからにほっとしている。

なるほど、呼ばれたのに気づかない事を責められると思ったんだな。

確かに、父上にしろ母上にしろ、他の兄達にしろ。

家族が呼べば、使用人はすぐに駆けつけるものだ。

「それよりも、お湯ある？」

「はい、ただいま」

「それと丼も」

「はい」

メイドは急いで俺が言った物を用意した。

俺は持ってきたきつね色の乾麺を丼に入れて、そこにお湯を注いだ。

みるみる内に、乾麺がほぐれて、元に戻っていく。

そして、さっきとは違って、お湯も色つきの物だった。

「これは……？」

「食べて見て」

「はい……あっ、美味しい……え？　お湯を注いだだけなのに？」

「成功みたいだな」

サラマンダーの経験を、ウンディーネで進化させたものだ。

サラマンダーでやると、きつね色なのに味がしないのが失望に繋がってまずく感じる。

なら、味がついているようにすれば良い。

俺は濃いダシを染みこませて、きつね色になった生麺から、ウンディーネに水を抜かせた。

それにお湯を注ぐと、麺は水分を取り込んで、代わりにダシを出す。

そうして出来たのが、この乾麺だ。

「乾麺で……保存食なのに、美味しいなんて……信じられない」

「すぐに食べられるから——即席麺、って名付けようかな」

「お坊ちゃまが作ったのですか⁉」

メイドは思いっきり驚いていた。

.11

即席麺を発明して一ヶ月が過ぎた。

今日も俺は林にやってきた。

もはや拠点じみてきたいつもの場所に、山ほどの白炭と即席麺が積み上がっていた。

メイドを驚かせた即席麺は、麺食ギルドのギルドマスターをもっと驚かせた。

お湯を入れただけで普通に美味しく食べられる即席麺、更にどんな味にも対応出来る、いろんな味を作れる。（現物からウンディーネで水分を抜けばいいだけ）

それを話すと、ギルドマスターは一万食分の代金を前払いする勢いで発注してきた。

だけど、取引が成立する事はなかった。

俺がハミルトンの五男、リアム・ハミルトンだと知ったら、ギルドマスターが難色をしめした。

そこで初めて、嫡男——つまり世継ぎじゃない貴族の息子は、家の許可無しに勝手に商売をしてはいけない事を知った。
どうしてもしたければ、方法は二つある。
一つは、成人して家から独立する事。
もう一つは、ハミルトンの領地ではない土地、つまり遠くへ持っていって取引する事。
そのどっちかしかない。
両方ともすぐに出来ないから、毎日作った分がたまっていく。
たまっていった理由は、解決策がみえているから。
師匠からもらった指輪、マジックペディア。
その中で一つだけ、等級――上中下の級が明記されてない魔法があった。
アイテムボックス、という名前の魔法だ。
「アイテムボックス」
マジックペディアを介して魔法を使うと、目の前に一メートル四方の箱が現われた。
箱のふたをパカッと開けると、そこは虹色のまだら模様になっていた。
俺は積み上げた白炭の山から一つ、即席麺の山からも一つ取って、箱の中に入れる。
白炭と即席麺は箱の中にのみ込まれていった。
ものはまったく見えない。
だが、頭の中にリストが浮かび上がる。

純白炭　八四グラム
即席麺　一食

アイテムボックスの中に入っている詳細のリストだ。

更にそれぞれもう一つ入れると、白炭は一五二グラムに、即席麺は二食にふえた。

手を入れて即席麺を一つ取り出した。白炭は一五二グラムのまま、即席麺は一食に減った。

魔法のアイテムボックスを消した、もう一回アイテムボックスを使った。

そして、また一つずつ入れる。

純白炭　六一グラム
即席麺　一食

さっきのはなかったことにされて、今入ったものだけがあった。

アイテムボックス、本来は、いくらでも入って、どこでも取り出せる便利な魔法だ。

しかし、完全習得をしていない――つまり、媒体であるマテリアルコーティングされているマジックペディア（本来は魔導書だろう）を介してでしか使えない状態だと、毎回中身が消滅して、リセットされる。

最高に便利な魔法だけど、完全に習得しないとまったく使い物にならない、特殊な魔法だった。

これはかなりの極論だが、戦争になった時、街の住民が一万人いたとして。

全員に初級火炎魔法の魔導書を配れば、確率的に百人の魔導師隊の出来あがりだ。

ファイヤーボールなんかは、完全習得していなくてもとりあえず炎の玉という効果は出る。

他の魔法も大抵はそうだ。

魔導書から手を離せない。

発動まで時間がかかる。

この二点が問題だが、効果はとりあえず出る。

アイテムボックスだけは、毎回中身が消滅するから意味がなかった。

俺はこの一ヶ月間も、魔法の練習を続けていた。

ウンディーネ二体で即席麺作りを二ライン。

ノームとファイヤーボール三発での白炭作りを一ライン。

そして、アイテムボックスを――。

そう、同時魔法の行使が、五から七にあがっていた。

白炭は作る、即席麺も作る、アイテムボックスを練習する。

そして――

純白炭　一〇一グラム

即席麺　一食

「おっ？」

一度消しても、アイテムボックスの中身は消えなかった。

もう一度消して、出す。

純白炭　一〇一グラム
即席麺　一食

内容はまったく一緒だ。

マジックペディア——指輪をはずして、使う。

アイテムボックスがちゃんと出た。

アイテムボックス——マスターだ！

俺は手を止めて、白炭も即席麺も、次々とアイテムボックスに放り込んだ。

山のように積み上げられた一ヶ月分の生産分はかなり時間がかかったが。

純白炭　三一八キログラム
即席麺　一〇四五食

全部が入って、アイテムボックスを使い直しても消えなかった。
頭の中にあるリストは、もはや所有物というより、「物資」というレベルだった。
これで、売りにいける。
どうしても取引をしたいのなら、方法は二つ。
成人して家から離れること。
あるいはハミルトンの領地ではないどこか別の街に持っていくこと。
俺は持っていくことにした。
成人はまだまだ先の事だからだ。
でも、持っていくには遠すぎるし、遠いならまとめて持っていきたい。
でも、まとめて持っていくには量が多すぎて子供の俺には運べない。
そこで、アイテムボックス。
俺は林から出て、屋敷に戻った。
自分の部屋に戻って、メイドを呼んでどんぶりと熱湯をもらった。
アイテムボックスを使った、即席麺を一食分取りだして、熱湯で戻して食べた。
うん、これならどこへでも持っていける。
別の街に持っていって、換金する事が出来るぞ。

.12

ものは出来た、運搬するための魔法も覚えた。

次は移動手段だ。

アイテムボックスが使えるようになったから、身一つで移動出来るから、この状態でも普通とは比べものにならないくらい移動が楽だ。

だけど、俺はマジックペディアで覚えた魔法の中で、一つ、上手く使えば移動時間を半分にすることが出来る魔法がある事に気づいた。

普通とは違う使い方だけど、多分出来るはずだ。

まずはその魔法のチェックだ。

俺はマジックペディアをはずして、アイテムボックスに入れた。

マジックペディアをつけないのは、その魔法を完全に習得したというチェックをかねてる為だ。

林の中を歩いて回った。

何でもいい——と思ったそばから一羽の野ウサギと遭遇した。

「バインド」

初級の拘束魔法、バインドを使う。

対象の動きを止める魔法だ。

初級だから強い相手にはきかないし、拘束相手を触るなりして「動かす」と拘束が切れる。

なかなかクセのある魔法だが、とりあえずは充分。

バインドで止めた野ウサギに近づき、ガッチリと逃げないように捕まえた。

そして、

「契約召喚——契約」

捕まえたまま野ウサギに魔法をかける。

召喚魔法は大きく分けて二種類ある。

森羅万象に多数存在する精霊を呼び出す精霊召喚と、その他の生き物を契約で縛ってから、それを呼び出す契約召喚。

契約召喚には、まず対象に契約をかける必要がある。

俺は野ウサギに契約をかけた。

魔法の光が野ウサギの体に吸い込まれていった。

その野ウサギを捕まえたまま、魔法を再行使。

「契約召喚：野ウサギ」

かけ声は何でもいい、魔法は究極、術者の「テンション」に大きく依存するから、分かりやすいかけ声も一つの方法だ。

それは効果的で、俺が捕まえている野ウサギとは別に、もう一羽の野ウサギが出現した。

まったく同じ見た目の野ウサギである。

その野ウサギは俺から逃げようとするが。

「解除」

すると、召喚された方の野ウサギはポワン、と音を立てて消えた。

契約召喚のもう一つの特性。

契約した本人じゃなくて、そのものの幻影とも呼ぶべきものを呼び出す。

見た目から能力にいたるまで、ほぼほぼ同じものを召喚出来るのだ。

俺は野ウサギを放してやった。

テストが成功したからだ。

次は——本番。

俺は深呼吸して、足元に魔法陣を展開。

契約が成立するかどうかは、術者と相手の力の差と意志によって違ってくる。

自分より明らかに強い人間にはまず成功しないし、力量がほとんど互角であっても抵抗されたら契約は成立しない。

そんな中、俺は自分に魔法をかけた。

「契約召喚——契約」

術者と同じ力量、かつ抵抗の意志無し。

成功するかは五分五分と思ったが——無事成功した。

「契約召喚：リアム」

魔法を使う、俺の幻影を呼び出した。

「成功、なのか？」

「そうみたいだ」

「どんな感じだ？」

「普通、『俺』が目の前にいる事以外はなにも変な感じはしない」

「なるほど」

呼び出した俺の幻影とは、普通に会話が出来た。

「よし、じゃあラストテスト」

「ああ、俺は入れる？　出す？　どっちで？」

「まず俺が入れる、それが成功したらそっちが入れて」

「分かった」

俺は俺の幻影と頷きあった。

まずは俺からだ。

「アイテムボックス」

アイテムボックスを呼び出して、初めてとなる、その辺で拾った石を入れた。

そしてアイテムボックスを消した。

「いくぞ……アイテムボックス」

次は俺の幻影がアイテムボックスを使った。

アイテムボックスの中から、俺が入れたばかりの石を取り出した。

「いけそうだな」

「そっちもやってみて」

「ああ」

俺の幻影が頷き、アイテムボックスに拾った小枝を入れた。

目印にするために、入れる前にばきっと折って、切れない程度に繋がった状態で入れた。

そして、アイテムボックスを消す。

今度は俺がアイテムボックスを呼び出した。

中に手を入れて――あった。

取り出したのは、折れてるが切れない程度に繋がったままのあの小枝。

「つまり、オリジナルと幻影の間でも」

「アイテムボックスは一緒ってわけだ」

「みたいだな。じゃあ頼めるか」

「ああ。行ってくる」

俺の幻影はそう言って、林から立ち去った。

俺は開けたアイテムボックスをしまった。

最後に中身のリストをチェックした。

純白炭　三一八キログラム
即席麺　一〇四五食

これがどうなるのか……。

☆

それから三日間、俺は魔法の練習を続けながら、アイテムボックスの中身を注意深く見守った。

ちなみに追加で何も入れてない。

今回の件が成功するまでは追加で入れない様にしている。

売りに行く街への道のりは大体三日かかるって分かっていた。

その、三日目の昼。

純白炭　三一八キログラム
ジャミール銀貨　三六枚

「来た！」

アイテムボックスのリスト、中身が変わった瞬間、俺は歓喜の声を上げた。

アイテムボックスから銀貨一枚を取り出した。

作った即席麺が、銀貨に換金された。

片道三日間の道のりを幻影に行かせて、アイテムボックスの中身を引き渡して、受け取った代金をアイテムボックスに入れる。

最後に、

純白炭　三一八キログラム
ジャミール銀貨　三五枚
ハミルトンの紋章　一枚

アイテムボックスに合図のものが入ったから。

「解除」

俺は、自分の幻影を解除して。

こうして、売りに行って、銀貨を持ち帰るのには往復で六日間かかるところを、片道分の三日間ですませたのだった。

.13

俺は海にやってきた。

今日はテストしたい事が二つあって、街から歩いて半日くらいの距離にある海にやってきた。

延々と続く海岸線には、砂浜と崖、どっちもある。

やりたい事を考えた結果、俺は砂浜におり立った。

そして、下級精霊ウンディーネを召喚した。

「ウンディーネ、海水から水だけを抜き出せるか」

と聞いた。

即席麺を作った時と同じ、水を抜き出して、純水を作りたかった。

水は言うまでもなく重要なもの。

高級品じゃない（場所にもよるが）が、人間が生活していく上での最重要品だ。

特に綺麗な水は下手な作物よりも価値を持つ。

だから、ウンディーネを呼び出して、やらせようとしたが。

「どうした、難しい顔をして」

ウンディーネは難色を示した。

それでも精霊召喚で呼び出された精霊は術者には絶対服従。

ウンディーネは言われたとおりにやってみた。

海水を一部、水だけの状態で空中に浮かせて、そこから水だけを抜き出そうとする。

が、時間がかかった。

苦労もしていた。

ウンディーネが「ぐぬぬぬ」っていかにも苦労している感じで、五分かけてスプーン一匙《ひとさじ》分の水しか作れなかった。

詳しく話を聞くと、海水は「自然の物」だからと言われた。

人工物の中から水を抜き出す――つまりより分ける事は簡単だが、海水は「自然物」だから難しい。

ウンディーネにとって海水は海水という種類の水、そこからむりやり分離させるのは力の限界をぎりぎり超えている。

出来なくは無いが、五分かけてちょっぴりと、かなりの不得意になってしまう。

ちなみに水の上級精霊なら容易に出来るとも言われた。

ウンディーネなら一発だと思っていたから、俺は考え直した。

「……ノーム」

頭の中にある絵図を描いた後、土の精霊ノームを呼び出す。

呼び出したあと、まず前提を聞く。

「砂は操れるか？」

普通にいける、土と変わらないって言われた。

自然の精霊にとって、土と砂にそれほど違いはないのだという。

「なら、こういうのを作ってくれ」

そう言いながら、地面に図形を描く。

「巨大なとんがり帽子と思ってくれればいい。底はとりあえず直径一〇メートル、高さは一五メートルだ。壁面は水をはじく――出来るか？」

鉄の薔薇を作った時に近しいオーダーをすると、ノームは深く頷いた。

いけるって言うから、そのまま作らせた。

俺が要求する物体は大きくてノーム一体だと時間がかかるから、追加で六体、同時魔法最大数の七でフル召喚して、建造に当たらせた。

ノーム七体はみるみる内に、超巨大なとんがり帽子を海の上に作り出した。

「この大きさなら底の部分は大丈夫だな。人が普通に通れる開口――前後左右に作れ」

建造に比べると簡単なオーダーだったのか、四つの開口は一〇秒と経たずにできあがった。

「ご苦労」

ノーム達の契約を解除して、とんがり帽子の中に入る。

真ん中に立って、天井を見あげる。

徐々に狭まっていく一五メートル上空の天井には、図面通り地面に向かって尖った「返し」がついていた。

それを確認した俺は、行動を次の段階にうつした。

「返し」の真下にアイテムボックスを呼び出して、ふたを開く。

そしてサラマンダー六体を呼び出して、まわりの海水を熱する。

とんがり帽子から出て、離れて様子を見た。

みるみる内に海水から蒸気が立ち上った。

そして、天井の「返し」から水が滴ってきて、アイテムボックスに入った。

最初はぽた、ぽたというペースだったが、次第にちょっとした滝みたいになった。

真水　三リットル
純白炭　三一八キログラム
ジャミール銀貨　三六枚

アイテムボックスのリストの中に、真水が次々とふえていった。

タジン鍋という、水の少ない地域特有の形の鍋がある。

その形はまさにこのとんがり帽子。

火にかけて、沸騰して蒸気になった水が、てっぺんまで昇って冷やされて、水滴になって鍋に戻ってくる。

水の少ない地方で、水を無駄なく活用するために生み出された鍋だ。

俺はそれに加えて、てっぺんに「返し」をつけた。

すると、水はとんがり帽子の縁づたいじゃなくて、「返し」から滴ってくる。

つまりは超巨大な蒸留器だ。

俺は滝のように滴ってくる水を眺めながら、アイテムボックスの数字の変化に注目する。

大体、一分間で一二リットルくらいの真水が作れている。

観察するために空いた開口部から、蒸気があふれてきていた。

水に戻りきらない蒸気があふれてしまっている。

もったいないから塞ぐか——と思ったが。

「……フラウ」

サラマンダーを二体引っ込めて、代わりに氷の下級精霊・フラウを召喚した。

小さくて、三〜四歳くらいの子供みたいな見た目で、白い髪が身長よりちょっと長いくらいなのが特徴の精霊だ。

「このとんがり帽子を冷やせ」

二体のフラウは命令されたとおりとんがり帽子を冷やした。

すると、あふれてた蒸気が徐々に収まった。

代わりにおちてくる水の量がふえた。

アイテムボックスのリストとにらめっこして計測する。

一分間で二〇リットル近くまで効率があがった。

蒸気漏れがないのなら、とりあえずはこれでよし。
そうして蒸留を続けていくうちに、日が沈み始めた。
太陽が海の地平線の向こうに沈んでいく。
「そろそろだな」
俺は、海に来た二つ目の目的——一番試したい事にうつった。
サラマンダー、フラウ、そしてアイテムボックス。
全部一旦消して、俺自身海の中に入った。
膝まで水が浸かるくらいのところに入って、アイテムボックスを海中にだす。
そして、ふたを開ける。
すると、ものすごい勢いで、海水が吸い込まれていく。

海水　二九二リットル
真水　五七八八リットル
純白炭　三一八キログラム
ジャミール銀貨　三六枚

海水がものすごいペースでふえていく、蒸留の数百倍のペースだ。
俺は、それを見守り続けた。

日が完全に沈んで、月が空高く上がって。

目的を達成した俺は、状況を説明する手紙を書いて、アイテムボックスの中に入れた。

そして、俺の意識はここで途切れた――。

☆

屋敷の自分の部屋、俺は自分の幻影を解除する事で、一連のテストを成功と締めくくった。

俺の幻影からの手紙で、ウンディーネがダメなのと、ノーム・サラマンダー・フラウで蒸留水をつくったことの詳細を知った。

海水　五、〇〇〇、〇二九リットル
真水　五七八八リットル
純白炭　三一八キログラム
ジャミール銀貨　三六枚

そしてアイテムボックスの中から、海水と純水をそれぞれ一杯ついだ。

今回は二つの目的があった。

二つのうち、蒸留水を作るのはどっちかと言えばオマケだ。

ウンディーネで一発余裕だ――って思っていたのもオマケだったからだ。それでもまあ、別の方法で成功したのだが。

この、五〇〇万リットルの水が肝心だ。

貴族は一日で約二五〇リットルの水を使うと言われる。

ちなみに庶民は一〇〇リットルだ。

つまりこの五〇〇万リットルの水は、ざっくりと四万人くらいの街の、一日分の消費をまかなえるという量だ。

もちろん海水はこのままじゃ使えないが、それはどうでもいい。

重要なのは、契約召喚：リアムとアイテムボックスの組み合わせで。

街一つをまかなえる物資の運搬が出来る事。

ものすごく簡単に出来たということ。

これが一番試したかった物で、一番の成果だった。

俺は、数万人レベルの物資運搬を一人で出来る。

貴族の五男で、家が没落するにしろ俺が出て行くにしろ。

これで、俺自身の将来はますます安泰だと確信した。

.14

林の奥に小さな湖があった。

泳いで向こう岸に渡るにはちょっと広すぎて、小舟かなんかが必要になるレベルの湖だ。

俺はその湖の中にアイテムボックスを出した。

ふたを開けると、水がドンドン吸い込まれていく。

俺の幻影が海に行って、海水を取ってきた時と同じ行動だ。

ものの十分くらいで、湖水が全てアイテムボックスの中に吸い込まれていった。

干上がって、泥状態の湖底には、あっちこっちで魚がビチビチ跳ねている。

今度はアイテムボックスを逆さにした、取り込んだ湖水を出す。

リストにずらっと並んでいる魚や水草もあったから、「生物」は全部出すようにした。

アイテムボックスの便利なところはここだ。

何を出して、何を出さないのかを術者である俺自身で決める事が出来る。

干上がった湖を海水で満たす事も出来るし、なんならまったく関係ない、砂で埋め立てる事も出来る。

出したい量も決める事が出来るから、吸い込んだ分から計算すればかなり簡単に埋め立てる事が出来る。

もっと便利に使えそうだな、と、俺は再び水で満たされていく湖を眺めながら、何が出来るのかを考えた。

「ここにいたのか」

「え？　ブルーノ……兄さん」

背後から声をかけてきたのはブルーノだった。

彼はつまらなそうな顔でまわりをきょろきょろして林を眺め回した。

「どうして、ここに」

「お前がいつもここで遊んでるって聞いてな」

「俺に用があるんですか？」

「ふっ……」

ブルーノはニヒルな笑みを浮かべながら、俺の前に立った。

「俺の結婚が決まった」

「ええっ!?」

「下級貴族の婿《むこ》養子だ。ハミルトン家に比べりゃ貧乏だが、まだ一代目、俺が隠居しても貴族であり続ける事が出来るいいところさ」

「そっか……それは……おめでとう？　って言っていいのかな」

「ああ、貴族の四男坊には申し分ない未来だ」

ブルーノは肩をすくめて、にやりと笑った。

なるほど、そういうこともあるのか。

確かに、ずっと貴族の家で部屋住みでいるよりは、新興貴族のところに婿入りしてそっちで一家の主になった方がいいって考える事も出来る。

「じゃあ、おめでとう」

「ふっ……面白い事を教えてやる。お前、真面目だからどうせ知らないだろ」

「何をですか？」

「オヤジの大失敗だよ」

「父上の？」

ブルーノはいつもより、更に皮肉っぽく笑いながら、語り出した。

数年前、ハミルトン家当主チャールズは、魔物を討伐するために兵をだした。

領内に封印されているかなり強大な魔物で、一〇〇〇人の兵を投入した。

その魔物の封印を解いて、倒して、功績にする予定だった。

しかし、結果は惨敗。

一〇〇〇人の兵の実に九割を失って、かろうじて魔物を再封印する事で、民に被害は出さずに済んだ。

「それのせいだよ、オヤジが自分で功績を立てるのをやめたのは。トラウマになったんだろうさ」

「……なるほど」

「ちなみにな、その魔物、二代前の当主——前回の三代目が封印したやつだ」

「え？」

「有名な魔物だったらしい。封印で功績一回、討伐でもう一回。魔物一体で六代分の地位を確保しようとしたんだ。それをオヤジがしくじったって訳さ」

「なるほど」

「つまり、俺が何を言いたいかって言うとだ」

更に、口角をゆがめて、思いっきり皮肉っぽく笑うブルーノ。

「オヤジはもう娘を献上して貴族の地位をつなぐ事しか考えてねえ。お前もぼちぼち、家を離れる方法を考えた方がいい、ってことさ」

「そっか。ありがとう、ブルーノ兄さん」

「ふっ……まっ、せいぜい頑張るこったな」

言いたい事を言って、ブルーノは身を翻して、手を振って立ち去った。

皮肉屋だが、紛れもなく俺にアドバイスをくれた。発破《はっぱ》をかけた意味合いもあるんだろう。

そうこうしているうちに、湖の水を出し切って、元に戻った。

テストが終わったし、アイテムボックスを消して次へ——って思ったら思いっきりびっくりした。

海水　五、〇〇〇、〇二九リットル
純水　五七八八リットル
純白炭　三一八キロ
ジャミール銀貨　三六枚

砂金　一〇〇キロ
リアムへの手紙

吸い込んだ物を出し切って、アイテムボックスの中身はテスト前に戻ったと思ったら、別の物が入っていた。

砂金……手紙？

俺はまず、自分への手紙ということで、それを取り出して。

「防水の紙だ……」

取り出した瞬間、完全に水をはじくタイプの紙だという事が触感で分かった。

同時に、湖の中にあって、吸い込んだ物だと理解した。

手紙を開く――それは師匠からの物だった。

『リアムへ　お前がこれを読んでいるということは、アイテムボックスの使い方をほぼ完全にマスターしたからだろう。もししてなくても、湖の中にアイテムボックスを沈めて、全部吸い込んだ後、水と生き物を吐き出させてみろ』

「読まれてる……」

俺の行動が完全に師匠にはお見通しだったみたいだ。

『金塊だと入らないから、砂金を湖にばらまいた。一〇〇キロはある。アイテムボックスを完全に使いこなせたら、マジックペディアの他の呪文もほぼ使いこなせてるんだろう。この黄金は俺からの卒業プレゼントだ』

「師匠……」

『貴族の五男だって聞いた、独立する時の資金にでもするといい』

『追伸。もらうのが申し訳ないと思うんなら、なんで丁度一〇〇キロなのかを当てるといい。卒業試験だ』

手紙はそこで終わっていた。

再びリストを見る。

砂金なのに、きっちり一〇〇キロというのは、きっと師匠もアイテムボックスから一〇〇キロをだしたからなんだろう。

それを理解出来たことで、師匠から出された卒業試験の問題を解いたことで、ちょっと嬉しくなった。

思いがけないところから降ってきた、黄金一〇〇キロという資産。

いつか、師匠に直接会ってお礼を言わなきゃな、と思ったのだった。

.15

林の中で俺は自分の幻影と向き合っていた。

幻影が拳を突き出す。

俺達は頷きあう。

幻影の手から五発の魔法が放たれた。

初級無属性魔法・マジックミサイル。

魔法の中で一番簡単なものだと言われている。

魔力を放出して、目標に向かって撃つ。

それだけの魔法だ。

故に、何かしらの魔法を使える人間であれば、二分の一の確率で使う事が出来ると言われている。

そのマジックミサイルを、幻影は五発同時に撃ってきた。

俺も拳を突き出して、

「マジックミサイル！」

同じように、五発のマジックミサイルで迎撃した。

先に撃たれたマジックミサイルを、後発のこっちが狙って、迎撃する。

そういう鍛錬だ。

精霊を召喚して行使する召喚魔法を「自動」だととらえるのなら、普通の魔法は「手動」だ。

精霊に命じるのは便利だが、結局の所、別の人格に命じてやらせるということは、意思の疎通もそうだが、細かいところで完全に自分がやりたいことではないということになる。

その点通常の魔法は、コントロールする力さえあれば、精霊に任せる以上の細かい操作や調整が出来る。

というのは、ここしばらく精霊に色々させた結果分かったことだ。

その細かい操作を覚えるのは、マジックミサイルが一番だと考えた。

マジックミサイルは「魔力を放出するだけ」の魔法だ。

細かい操作は自分でやらないといけない。

だから俺は幻影にマジックミサイルを撃ってもらって、それを迎撃する鍛錬をしている。

ちなみに、限界の七発じゃなくて五発なのは、幻影――契約召喚：リアムで魔法の枠を一つ使っちゃってるからで、七発は撃てない。

そして素数でしか撃てないから、六はダメで、飛んで五まで下がってしまう。

幻影とのマジックミサイルの撃ち合いを続ける中、俺は考えた。

召喚魔法は「維持して」使うもの、つまり常に一枠使う。

そして素数の関係上、一体召喚しても二枠食ってしまう。

もう一人、だれか召喚出来るようにしたいな、と思った。

考えごとをしながら撃ち合っていると、ふと、幻影が俺に目配せしてきた。

合図だ。

俺は召喚をといて、幻影を消した。

直後、バキッ、と地面の小枝を踏み抜いた音がした。

振り向くと――ちょっと驚いた。

よく知っている青年だ。

アルブレビト・ハミルトン。

チャールズの第一子――この家の長男だ。

「ここにいたのか、リアム」

「どうしたんですか兄上」

アルブレビトが話しかけてくるなんて――この体に乗り移ってから初めての事だ。

数ヶ月で初めて話しかけられた。

兄弟でも、貴族の長男と五男では、そもそも「身分」と「未来」が違う。

ちなみに次男や三男などは暇で毎日ぶらぶらしてるから、朝起きて遭遇したら挨拶したり世間話したりする。

長男だけが特別なのだ。

「魔法の練習をしていたのか？」

「え？　あ、はい」

「なるほど、最近、すごいじゃないか」

「え？」

「お前が結構魔法得意だって、使用人の間で持ちきりだ」

ふと、背中がぞわっとした。

そして気づく。

アルブレビトの口は笑っているが、目にははっきりとした敵意がこもっていることに。

「使用人達はとにかく暇ですから、噂《うわさ》に出来る事には見境がないんですよ」

俺はとにかくすっとぼけることにした。

アルブレビトの敵意、真っ向から受け止めてはいけないと思った。

「そうか。そういえば聞いた事はなかったが、リアム、お前は将来、何になりたい？」

「――っ！」

直感が俺に教えてくれた。

ここは慎重に答えるべきだと。

俺は少し考えた。

相手は長男……次の当主。

多分……俺を疑ってるんだろう。

なら。

「出来れば、早く独立したいですね」

「ほう？」

「独立して――そうですね、腕一本で食べていけるような職業がいいですね」

「物好きだな」

「そういうのが好きなので」

「ふむ」

返事は正解だったみたいだ。

俺が遠回しに「家督で争うつもりはまったくない」と言ったら、アルブレビトの目にこもっていた敵意がかなり薄れた。

「魔法は得意だったな」

「はい」

「なら、ハンターギルドに紹介してやろうか」

ハンターギルド――ギルド。

木炭の一件もあって。

本当にギルドを紹介してもらえるのなら、むしろ受けるべきだなと俺は思った。

☆

ギルドというのは、いわば同じ技術をもった人達が集まって出来た寄り合い所帯だ。

ハンターギルドはその名の通り狩人、獣やモンスターを狩る人達が集まる場所だ。

街に一つだけあるハンターギルドにやってきた俺。

中に入ると、視線が一斉に集まった。

酒場とほとんど同じ構造で、奥にカウンターがあって、至る所にテーブルがある。

テーブルには見るからにハンターっぽい人達が座っていて、その人達が俺を見ている。

「なんだあ？　子供じゃねえか」

「ここは子供が来る場所じゃねえぞ」

「おつかいかい、ぼく」

外野の声をまるっと無視して、奥のカウンターに向かった。

カウンターの向こうに座っている、まるまると太った男に話しかけた。

「ギルドマスターですか？」

「リアム・ハミルトンだな」

俺は頷いた。

「アルブレビト様から話は聞いてる」

俺は頷いた。

「早速だが、試験を受けてもらう」

「試験？」

「アルブレビト様に頼まれたとは言え、ハンターは実力主義の社会だ。実力以上のところに送り込んで死なれたら言い訳のしようが無い」

「なるほど」

「魔法が得意だったな、何かやってみろ。ゆっくり詠唱してもいいぞ」

「詠唱？」

「詠唱も知らないのか」

ギルドマスターは「はっ」と鼻で笑った。

やれやれとんだ子守だ——と言われた様な気がした。

「魔法の発動を補助する呪文みたいなもんだ。人間であれば、例外なく詠唱しない時よりも詠唱した方が強力な魔法が使える」

「なるほど」

それは初耳だ。

もっと聞きたいけど、これ以上教えてくれそうな空気じゃなかった。

面倒臭いから早くしろ、っていう顔をしていた。

「攻撃魔法だけど、どこに撃てばいい」

「俺に撃ってこい」

「分かった」

仕方ないから、俺はマジックミサイル・五連を放った。

五発の魔力弾が飛んでいった。

ギルドマスターがぎょっとした。

マジックミサイルが何かに当って、ガラスが割れるような音がした。

四発まで防がれたが、一発がフックのようにギルドマスターの横っ面を撃ち抜いた。

「おい見たか、なんだ今のは」

「あんな魔法、見た事ないぜ。マジックミサイルの上位版か？」

「上級魔法使いってことか!?」

幻影に別の事をさせているから、仕方なく手加減されたマジックミサイルは、まわりを驚かせたようだ。

「やるな……」

ギルドマスターは口角からこぼれた血を拭《ぬぐ》って。

「その力ならCランク、いやBランクのライセンスを出してやる」

よく分からないが、とりあえずは合格したみたいだ。

.16

ギルドマスターからライセンスをもらった。

ギルドに所属している証で、俺の名前と今のランクが書かれている。

それをしまって、さて次はどうするか、と思っていると。

「ねえ、ハミルトンの人って本当?」

背後から声をかけられた。

振り向くと、活発そうな少女が見えた。

年は十五~六くらいかな、身長は一五〇センチそこそこ、高い位置に結ったポニーテールがとても似合う美少女だ。

「えっと、うん。リアム・ハミルトンっていう」

「そっか、あたしはアスナ、アスナ・アクアエイジ。名字格好いいでしょう、こう見えて十代前まではうちも貴族だったんだよ」

「そうなんだ――って、十代前？」

納得しかけて、「あれ？」って思った。

十代前って、言葉通りの意味？

いやでも、ものすごく自信たっぷりに言ってるし、自慢してる風にも聞こえるし。

なにか別の意味があるのか？

なんて、戸惑っていると。

「あは、ごめんごめん。ちょっとした小ネタだから。覚えやすくていいでしょ」

「ちなみに十代前まで貴族なのは本当だから」

「あ、ああ。そういうことか」

「そうか。よろしく」

なんとなく手を差し出して、アスナと握手した。

明るくて、結構好きなタイプの子だ。

まあ「子」っていっても、俺が十二歳のリアムに乗り移っちゃったから、今は俺が年下になっちゃったけど。

「ねえ、一緒に狩りに行かない？」

「一緒に？」

「そ、協力してさ。狩りって危険だし、パーティー組んだ方が色々安心じゃん？」

「なるほど……分かった」

「そうこなくっちゃ」

アスナはパチン、と笑顔で指を鳴らした。

☆

俺はアスナと一緒にギルド、そして街を出た。

街道に沿って、一直線に郊外に向かっていく。

「そういえば」

「なに？」

「依頼とか受けなくてよかったの？　それとももう受けていたとか？」

ハンターギルドといえば、依頼を受けて、モンスターや凶暴な野獣を討伐していくってイメージだ。

そういう話を、昔酒場で聞いた事がある。

「依頼を受けてやるのはAランク以上の案件だからね」

「え？　どういう事？」

「Aランク以上のは、いるだけで危険だったり、すでに悪さをしてたりっていう相手だから、依頼を受けてピンポイントに倒しに行くのね。でも普通はこんな風に――」

アスナはメモを差し出した、びっしりとモンスターや獣の名前が書かれてある。

「近くにいて、もしかしたらこの先危険になるかもしれないのを、見つけて倒して、それで報告して報酬をもらうんだ。例えばこれ」

「うん？」

メモをのぞき込む、アスナが指しているブスボアって文字が見えた。

「このブスボアってヤツ、渡り鳥みたいな習性で、この辺は通り道なんだ。いるかどうか分からないけど、渡ってくる時は間違いなく危ないからさ」

「なるほど……なんか掃除みたいだ」

「うまい！　うん、まさにそれ。リアムって頭の回転はやいね」

「そうかな」

アスナと歩きながら世間話をする。

ここ最近一人で魔法の練習とかばかりやってたから、フレンドリーで、壁をまったく感じさせない美少女との会話はとても楽しい。

「ああっ!?」

「どうしたの？」

「あれ！」

アスナは立ち止まって、前方をさした。

彼女がさす先を目で追いかけていくと、ちょっと大きめの、一匹のハチが飛んでいるのが見えた。

ミツバチの倍くらいはあるそれだが。

「そのハチ？　がどうしたの」

「あれキンバチだよ」

「キンバチ？」

「うん！　金属のかけらを集めて巣に持ち帰る習性があってさ、その巣はちょっとした宝箱なんだ」

「へえ、そういうのがいるんだ」

「ああ行っちゃう！　どうしよう、キンバチの巣はすごく見つけづらいので有名なんだよな。どうやって追いかけよう」

「それなら任せて」

「え？」

「ペイント」

俺は、人の気配を感じて逃げていくキンバチに魔法をかけた。

すると、キンバチの体から、ピンク色の煙みたいなのが出てきた。

まるで夜の花火のように、キンバチは長い長い、ピンク色の煙を引いていく。

「何かしたの？」

「そうだった」

俺はパチン、と指を鳴らす。

ピンク色の煙は普通は術者にしか見えない、他の者が見えるようにするにはちょっとした工夫がいる。

俺は、アスナにも魔法をかけてやった。

「あっ！　ピンクのが」

「ペイントって言う名前の魔法だ。狩りで追跡の為によく使われるらしい」

「なんかすごいっぽい！」

「基本だよ、狩りの。必須魔法とも言えるけど」

俺はキンバチを見た。

既にキンバチ本体はどこかに行ってしまって見えなくなっているが、ピンクの煙がずっと残っている。

アスナと一緒に、その煙を追っていく。

街道から離れて、森の中に入った。

獣道ですらないところを、どんどんピンクの煙だけを目印に追いかけていく。

やがて、何でも無い地面に蜂の巣があった。

「あった！　こんなところにあるのかあ、こりゃリアムの魔法がなかったら見つけられなかったね」

「あの巣の中にお宝があるんだよね。ハチはどうするの？」

「えっと、金属で誘《おび》き出して、それごと焼くのが一番だけど。まずったな、何も持ってきてないや」

「任せて、黄金でいいんだよね」

「むしろそれが一番食いつきいい」

「なら――アイテムボックス」

「な、何それ。それも魔法？」

「うん」

箱の中に手を入れて、一キロ分の砂金を取り出した。

「すごい！　袋を自由自在に出し入れ出来るってことだね」

「まあそういうことだ」

俺は頷きつつ、砂金を地面にばらまく。

すると、巣の中からあっという間に大勢のハチが飛び出してきた。

ハチは黄金に群がった。

「そもそもだけど」

「なに？」

「巣ごと焼き払えばいいんじゃないのか？」

「それはだめ。キンバチが分泌する体液ってね、金属同士をなんか結合させるから。たまに珍しい金属が出来てたりするから、巣は壊さないで持ってった方が高値がつくの」

「なるほど」

そうこうしている間に、ハチがほぼ総出で砂金に群がったから。

「サラマンダー！」

炎の精霊を呼び出して、出てきたハチをまとめて焼いた。

「これでよし、かな。どうしたの変な顔をして」

「リアム……あんた一体いくつ魔法を覚えてるの？」

立て続けに魔法を使う俺に、アスナは思いっきり驚いていた。

俺はにこりと微笑みながら、エサに使った砂金を回収してアイテムボックスに入れて、キンバチの巣も回収した。

その巣を街に持ち帰って、鑑定してもらうと。

結構品質がよくて、中身もたっぷりで。

ジャミール銀貨三〇〇枚という値がついたので、キンバチを見つけてくれたアスナと山分けした。

.17

「リアム！　昨日はありがとね！」

ハンターギルドに入った途端、アスナにつかまってお礼を言われた。

昨日とは、キンバチの巣を換金した話だろう。

この一帯では、庶民の生活は主にジャミール銀貨という貨幣が使われる。

貨幣というのは、使われている銀――または金、銅の含有量、そして発行している国の信用度等々で価値が変わる。

ジャミール銀貨は、銀の含有量も鋳造のくっきり度も安定しているから、よく使われている。

その価値、大体一〇〇枚で、単純労働者の一ヶ月の収入だ。

ちなみにジャミール金貨というのもあって、銀貨一〇〇枚でおおよそ金貨四枚というレートだ。

そこまで高価だと日常的には使いにくいので、商取引とか、国や貴族の間の褒美に使われる。

昨日のキンバチの巣は三〇〇枚の値がついた、それを山分けしたから、アスナも俺も庶民の一ヶ月くらいの収入を得たことになる。


「ほっんとうにありがとう！」

「ううん、キンバチを見つけたのはアスナだから。俺こそありがとう」

「へへ……ねえ、今日はどうする？　ここに来たって事は、また狩りに行く？」

「そのつもりだ。さっきすれ違ったハンター同士が言ってたけど、西の街道の野犬掃除があるんだって？　そっち行ってみる？」

「……」

「どうした、鳩が豆鉄砲を食ったような顔をして」

「うん、びっくりしてるの。あたしてっきり、昨日のキンバチに味をしめて、今日も探しに行こう、とか言い出すって思ってたから」

「なるほど」

言いたい事は分かるが、あれはあくまで臨時収入のようなものだ。

あんなのを当てにしてたらそれはハンターじゃなくてばくち打ちだ。

「それを思い出させても行こうってならないんだ。子供なのにえらいな」

☆

アスナと一緒に、街を出て西の街道にやってきた。

「なんでも、近いうちにお偉いさんが通るから、この道を綺麗にしなきゃなんだって」

「お偉いさん……もしかしてなんとか伯爵なのかな」

「なんとか伯爵？」

「俺も名前はよく覚えてない。父上の知りあいで、今度奥方を連れて訪ねてくるって小耳に挟んだ」

「なるほどね。ま、そんなのはどうでもいいのよ。重要なのは、ここに出没する野犬を狩って、それをギルドに持っていったら数に応じて報酬がもらえるって事」

「たしかに」

まったくもって、アスナの言うとおりだった。

現場のハンターからすれば、本当に伯爵様が通るのかどうかなんてどうでもいい話。

アスナの言うとおり、狩った獲物を持っていけば換金出来る、という事だけが重要なのだ。

「その野犬って、どういうの？」

「普通のちょっとおっきい犬。でもすごく凶暴で、咬《か》まれるとやっかいな病気にかかるのよ」

「なるほど。アスナは狩った事はあるの？」

「うん。こう見えても、これ、得意なんだ」

アスナはそう言って、二本のナイフを持ちだした。

共に逆手に構えた二本のナイフは結構様《さま》になった。

「接近戦なんだ」

「弓矢はどうにも苦手なのよねー」

アスナはあっけらかんと笑った。

俺はなるほどと思った。

「それなら——シェル」

初級身体強化魔法、シェル。

それをアスナにかけた。

「なになに？　あたしになにかしたの？」

「体を強化する魔法、簡単に言えば防御力があがる。簡単なものだから効果もそれなりだけどね」

「そんなのも使えるんだ！」

「気休め程度だけど、ないよりはましでしょ」

「へえ……ねえ、武器を強化する魔法ってない？」

「あるけど……やめた方がいいよ」

「なんで？」

「武器を魔法で強化すると、攻撃力はあがるけど、その分もろくなって壊れやすいんだ」

「そりゃこまるね」

アスナは納得した。

これは、俺の中身が貴族の五男に乗り移った庶民だから出る発想だ。

庶民のほとんどは、仕事道具をワンセットだけもっていて、それを大事に大事に使っている。

場合によってはその仕事道具を子供に受け継がせて何十年と使い続ける。

一時的に使いやすくなって、その分壊れやすくする魔法は庶民にはむしろマイナスになる。

アスナも庶民で、すぐにそれを納得した。

そんなアスナと街道をすすむ。

すると、野犬の群れと早くも出くわした。

前と後ろと、五匹の中型犬が俺達を取り囲む。

「いきなり囲まれちゃった、まずいね」

「大丈夫——トドメは任せていい？」

「え？　どうするの？」

「こうするのさ——ノーム！」

土の下級精霊・ノームを五体同時に召喚した。

ノームは野犬に向かっていった。

見た目がモグラなノームに、野犬は咬みついた。

鋭い牙がノームの体に食い込んだ——瞬間。

ノームの体が膨らんだ。

一瞬にして倍――いや三倍に膨れ上がった。

咬みついた野犬は、牙が突き刺さったこともあり、一瞬で膨らんだことも相まって。

あごを限界まで開かれて、開くことも閉じることも出来ない状態に陥った。

「アスナ！」

「やるじゃない！　後は任せて！」

最大の武器である口そして牙を封じられた野犬の群れに、アスナは飛びかかっていく。

口の中の獲物がいきなり膨らんで、パニックになる野犬達。

アスナはその野犬の急所にものすごく正確に刃を突き立てていき、あっという間に五匹の野犬を始末した。

俺はパチンと指を鳴らす、ノームの召喚をとく。

「それ良いじゃんリアム、こういう釣りってあったよね」

「それからの発想なんだ」

「そっかー。よし、これを持って帰って換金しよう」

「ううん、このまま行こう――アイテムボックス」

俺はアイテムボックスを出して、野犬の死体を入れた。

海水　五、〇〇〇、〇二九リットル
純水　五七八八リットル

純白炭　三一八キログラム
ジャミール銀貨　一八六枚
砂金　一〇〇キロ
野犬の死体五匹

リストに、今入れた獲物が加わった。

「ギルドに戻ったらだすから、いちいち往復しないでこのまま行こう」

「すっごい便利だねその魔法！」

アスナは、ものすごく興奮した。

.18

「こんなに!?」

ハンターギルドに戻って、アイテムボックスから出した野犬の死体を積み上げると、ギルドマスターが盛大にびっくりして、カウンターの向こうから飛びだしてきた。

野犬の死体を触ったりつっついたり、ひっくり返したりと、本物かどうかを確かめた。

もちろんそれは本物で、ギルドマスターはますます俺達を驚きの目で見た。

「全部で四二体――なんだっけ、リアム」

「ああ、四二体だ」

記憶に頼るアスナとちがって、俺は直前にアイテムボックスで全部が四二体あると確認しているから、断言した。

「すごいな……ここにあるだけで、今日狩られた分の九割になるぞ」

「ふふ。ねえマスター、報酬をちょうだいよ」

「ああ……分かった。一頭あたりジャミール銀貨三枚だ。半分ずつでいいな？」

「ああ、それで頼む」

アスナが答える前に、俺が頷いた。

ギルドマスターが部下に合図した。

その部下は野犬の数を数えようとしたが。

「後で良い。二一頭ずつの報酬を持ってこい」

部下は慌てて奥に駆け込んでいった。

そのやりとりを見ていたアスナがなぜか嬉しそうだった。

「どうした」

「今みたいのって嬉しいじゃない。信用してくれたのと、目の前で数えるのは気分を害するからやめろ、っていう気配り」

「ああ、なるほど」

このリアムの体に乗り移る前でも、商取引でたまに見かけた。

商品も代金も、その場では数えないで取引するの。

確かに、信用してくれたからこういう話になるよな。

アスナが嬉しそうで、微妙に誇らしげなのも分かる。

「すごいなお前達。その力を見込んで、依頼したい事があるんだが」

「ええっ⁉　本当に？」

アスナが盛大に驚いた。

嬉しそうなのがより強くなった。

「嬉しそうだな」

「だってそうだよ。ギルドの方から依頼を持ちかけてくるのは珍しいよ。普通は貢献度と力を認めてもらった人にだけだもん」

「なるほど」

言われてみればそうなるよな。

ということはギルドマスターは俺達を認めたってことか――いや。

ギルドマスターは俺を見つめている。

アスナじゃなくて、俺をじっと見つめている。

どうやら、認めたのは俺の力の方のようだ。

「何をすればいいんだ？」

「あの街道に、モンスターが一体いる。それを退治してもらいたい」

「モンスター⁉」

アスナが声を上げた。

同時にギルドの中がざわざわした。

「おいおい……あんな子供にモンスター討伐、大丈夫なのか？」

「だったらお前が一日で野犬四〇頭を狩って来いよ」

「……ちっ」

一部ではまだ疑問視する声もあるが、それに反論——俺の力を認める側に立つ声も増えてきた。

モンスターと獣の違いは、モンスターが体内に魔晶石を持っている点が一番大きい。

それのせいなのか、本能で動く野獣とは違って、モンスターは時には魔法を使ったり、人間のように高度な戦闘術を駆使したりする。

同じような見た目のモンスターと獣でも、モンスターの方は危険度が五〜一〇倍は上だと言われている。

「どうだろうか」

「分かった、引き受けよう」

☆

次の日、俺はアスナと合流して、再び西の街道にやってきた。

一日空けた理由は二つある。

一つは、西の街道の「お掃除」はお偉いさんが通るためのものだから、昨日すぐにやらなきゃいけないわけじゃなかった。

もう一つは大事をとって、一晩休んで魔力を回復させるためだ。

俺は常に魔力を使い込んでいる。

一般的に、魔力は使えば使うほどその上限が増えていく。

俺の場合それに加えて、魔法の同時発動上限数も上がっていく。

普通の獣相手なら多少魔力が減ってる状態でもどうにかなるけど、相手はモンスターだ、万全を期したい。

何しろ、死んだらそこでおしまいだからだ。

「うーん、この魔物って、あたしは苦手かも」

アスナは歩きながら、ギルドマスターからもらったメモをながめて難しい顔をしていた。

「カーネバキャタピラー、でっかい芋虫ってしか書かれてないけど」

「人間と同じくらいでっかい芋虫だってさ」

「それはいやだ。芋虫でそうなら、蝶々になったらもっとでっかくなるだろうな」

「あっ、それは大丈夫。普通の生き物じゃなくてモンスターだから、芋虫の見た目だけどそれでもう大人だって」

「なるほど」

モンスターの事はあまり常識で考えない方がいいかもな。

「しょうがない、わりきっちゃう！」

アスナはパチン、と自分の頬を両手で挟むように張った。

気合を入れて、こっちを見る。

「長引くのもヤだから、さっさと見つけて今日中にかたづけちゃお」

「そうだな、だったら」

俺は立ち止まった。

アスナも立ち止まって、不思議そうにこっちを見た。

「実戦で使うのは初めてだからどうなるかだ……エネミーサーチ」

初級の探索魔法、エネミーサーチを使った。

モンスターの場所を一瞬だけ探索する、それだけの魔法だ。

これとペイントを組み合わせて使うのが、初級魔法の定番コンボらしい。

中級以上だと一つで両方の効果が出る魔法もある、いつか覚えたい。

「なに？　何をやったの」

「モンスターを見つける魔法だ」

「そんなのも出来るの!?　ねえ、一体どれくらいの魔法を覚えてるわけ？」

「ざっくり一〇〇」

「一〇〇!?」

アスナはポカーンと口を開けはなってしまう。

信じられない事を聞いたって顔をした。

「一〇〇なんてあったらあのハンターギルドで一番強いじゃん……貴族ってみんなそんなにすごいの？」

「どうだろうな」

俺は曖昧に笑って、魔法の方に意識を向けた。

「あれ？」

「どうしたの？」

「モンスターが二体いる」

「なんですって？」

眉をひそめるアスナ。

「そんなの聞いてない」

「どうする？」

「ちょっと待って、ギルドに戻って聞いてくる」

「え？　あっちょっと――」

止める暇もなく、アスナは風のように街の方に向かって駆け出していった。

手持ち無沙汰の俺、もう一度エネミーサーチをかける。

うん、やっぱり二体いる。

距離はちょっぴり離れてる。

しばらく待つと、アスナが戻ってきた。

全力で駆け抜けたのか、肩で息をしている——が。

顔は、ちょっと嬉しそうで、自慢げだった。

「どうだった？」

「把握してなかったって。もし本当に二体いて、両方とも狩ってきたら五倍の報酬払うって」

「二体で五倍か」

ちょっと驚いた。

「見つからないまま、お偉いさんを通しちゃうと大変だって」

「そりゃそうだ」

俺は頷いた。

「すごいよリアム、それ超大発見だよ」

アスナは、ものすごく興奮していた。

.19

「困ったね」

「困ったな」

撤退してきた俺とアスナは、街道から大きく離れた荒れ地の中にいた。

辺りは何もなく、遠くには岩山が見える。

俺達は大きな岩の後ろに身を隠していた。

「かったいね、あの芋虫」

「硬かったな。まさか手持ちの魔法が全部効かないとは思わなかった」

「それもそうだけど、あたしはむしろリアムの魔法の数に驚いてるよ」

「え？　一〇〇はあるって言っただろ？」

「聞いたけど、冗談だって思うじゃん、普通」

冗談で言ったつもりはないんだけどな。

それはそうと、ちょっと困った。

モンスター・キャタピラー。

巨大な芋虫は、予想外に硬かった。

ファイヤーボールやアイスニードルなどの魔法はまったく効かなくて、サラマンダーやシルフなどの精霊による攻撃もはじかれた。

ついでにアスナのナイフもはじかれ、まるで金属に叩きつけたかのように刃こぼれしてしまった。

攻撃が全部効かなかったから、被害が出る前にさっさと退却してきた。

「モンスターと戦うの初めてだけど、いやー、ギルドが特別視するの分かるわ」

「そうだな」

「……ねえ、リアム」

「ん？」

アスナの方を見る。

彼女は名案を思いついたような、そんな顔をしていた。

「昨日シェルって魔法をかけてくれたよね」

「ああ……それがどうした」

「防御力を上げる魔法があるんだから、攻撃力を上げる魔法もあるよね。リアムそれを使えたりしないかな」

「それはおすすめしない」

俺は速攻で却下した。

すると、思いついたアスナは唇を尖らせてしまった。

「なんでさ」

俺は手の平をアスナの目の前に出した。

「俺の手を軽く殴《なぐ》ってみて」

「こう？」

パチン、っていい音がした。

「今度は思いっきり殴ってみて」

「うん」

パァーン!!　と、さっきよりもかなりいい音がした。

「強く殴ると、アスナの手も痛いだろ?」

「うん」

「攻撃力を上げる事は出来るけど、体にも相応の負担がかかっちゃうんだ。棒で何かを殴って自分の腕の骨を折っちゃう人、たまにいるでしょ」

「あー……そっか、そりゃダメだ」

そういう落とし穴がある。

攻撃力を上げると、自分の肉体がその上がった力についていけない、耐えきれない。

それよりも今は力が欲しい!　って絶体絶命の場面もあるだろう。

とはいえ、それは今じゃない。

「あーあ、せっかく依頼してもらったのに、もったいないな。空から隕石《いんせき》でも降ってきて直撃したりしないかな」

アスナはもう諦めモードに入った。

実際に何をやってもキャタピラーに通用しなかったのを見ているだけに、状況認識《あきらめ》も早かった。

「……ふむ」

「どうした?」

「いいぞ、ナイスだアスナ」

「え？」

「場所は……ちょうどこの辺がいいな。アスナ、芋虫をここに誘き出すって出来ないかな」

彼女に頼んだのは、ここ数日パーティーを組んできて、彼女の長所がその身軽さだと分かったからだ。

「ここに誘き出す？」

「うん、あの辺りの何もないところに」

「……なんかあるんだね」

「うん」

「分かった、それなら任せて。すぐにやっちゃう？」

俺はまわりを一度見回して、目的の物を見つけたので。

「やっちゃおう」

☆

少し離れたところで見ていた。

さっきまでいた道で、アスナがキャタピラーから逃げている。

トラとかライオンとか、あのあたりの猛獣を彷彿《ほうふつ》とさせる巨体で、フォルムがまんま芋虫だ。

それがアスナを追いかけている。

アスナは時々立ち止まって、攻撃して――キャタピラーをおちょくっている。

それで怒ったキャタピラーがアスナを執拗《しつよう》に追いかける。

「頃合いだな」

俺はそうつぶやき、空に向かって七発のファイヤーボールをぶち上げた。

アスナの遥《はる》か頭上で火球がぶつかりあって爆《は》ぜる。

綺麗さはまるでないが、即席の花火にはなった。

それを見たアスナが速度をあげた。

元々キャタピラーから一度は逃げ切れた、速度的には全然足りる。

おちょくるのをやめたアスナは、ぐんぐんキャタピラーを引き離した。

距離が充分離れたのを確認して、俺は――

「アイテムボックス」

キャタピラーの上空にアイテムボックスが呼び出された。

逆さに呼び出されたアイテムボックスから、巨大な岩が出てきた。

直径が優に二十メートルはある巨大な岩。アスナと打ち合わせした時に、近くの岩山に見えたのをアイテムボックスに取り込んだものだ。

それがまっすぐ落下して――キャタピラーをつぶした。

俺は岩に近づく。

アイテムボックスを使って、その岩を再び取り込む。

すると、岩がなくなった巨大なクレーターの底に、ぺしゃんこになったキャタピラーの死体が見えた。

「すっごーい。なに今の！　今のなに⁉」

戻ってきたアスナは語彙《ごい》が大分減っていたが、その分興奮して、きらきらした瞳で俺を見つめていた。

俺はアイテムボックスの事を説明して、巨大な岩を入れて、出した。

それだけだと説明すると、彼女はますます目をきらきらさせた。

☆

アスナの「隕石降ってこないかな」からひらめいたやり方で、もう一体のキャタピラーも同じようにぺしゃんこにして、ギルドに持ち帰った。

「モンスターを二体もだと？」

「あの死体……どんなやり方で倒したんだ？　想像もつかないぞ」

「しかも両方同じ、確立してるやり方だ……」

証拠のキャタピラーの死体を見た他のハンター達がざわざわした。

昨日よりも、更に俺達を認める人が多くなっていった。

.20

数日後、例のお偉いさんがやってきた。

ハンターギルドから、俺とアスナに、出迎えの要請がきた。

やることは簡単、街の外で並んで、お偉いさんが来た時に拍手で迎える事だけだ。

もちろん普通の住民もそうするが、ギルドに推薦された人は最前列に並ぶ。

腕一本で勝負する各ギルドに所属する人間は、貴族などに見初められることがその後の生活に大きく関わってくる。

だから一番前に、見られるところに立てるのはかなり大きい。

一種のご褒美だ。

俺とアスナは、キャタピラーを二体も倒した功績で、ハンターギルドから推薦された。

そうして、ここに立っている。

ちなみに、父上チャールズと、長兄アルブレビトはホスト——ゲストのお偉いさんを迎え入れる側だ。

父上は俺がそこに並んでいるのを見て複雑そうな顔をしたが、アルブレビトは満面の笑みで話しかけてきた。

「早速そこに立てるとは、ハンターギルドに推薦した私の目に狂いはなかった。これからも励めよ」

と言って去っていった。

「あれ、リアムのお兄さん？　なんかやな感じ」

横で聞いていたアスナが珍しく不機嫌になった。

「どういうこと?」

「マウント取りに来たじゃん、いま。お前はそこ、俺はここ。って」

「……ああ」

なるほど、って思った。

そして色々つながった。

貴族の五男になってからまだ数ヶ月だけだが、それだけでもお家騒動のいろんな話は聞いてきた、だから想像出来た。

長男でアルブレビトには、それ以外の男の兄弟は邪魔なんだ。

男の兄弟は何かあれば自分の跡継ぎの地位を脅《おびや》かす存在。

だから俺をハンターギルドに推薦したし、俺がハンターとして活躍すればするほど家から、跡継ぎレースから離れることになる。

それが嬉しいのか。

まあ、俺も力をつけて独立したがってるから、そこはお互い様か。

程なくして、ぞろぞろと護衛やら使用人やらを引き連れた、馬車の大名行列がやってきた。

沿道に出てきた出向行列の拍手に迎え入れられて、馬車は父上とアルブレビトの前にとまった。

馬車から一人の老人が降りてくる。

父上もアルブレビトも、老人と普通に接しているように見えるが、微妙に下手に出ているのが分かる。

よほど偉い人なのかな。

「あっ、こっち見た」

そんなお偉いさんに見初められるかもしれないという期待からか、老人の視線がこっちを向くと、アスナが興奮しだしたのだった。

☆

「……なんでここに」

お偉いさんの老人の為に用意させた、街の一等地の屋敷、その応接間。

俺は一人でここに呼び出されて、待っていた。

なんで呼び出されたのか分からないまま座って待っていると、がちゃり、とドアが開いてあの老人が入ってきた。

護衛が入ってこようとするのを手で止めて、ドアを閉めて、俺との二人っきりになった。

そして、俺の向かいに座って。

「ジェイムズ・スタンリーだ」

「リアム・ハミルトンです」

「ハミルトン？　チャールズの？」

「五男です」

「なるほど……まあ、その事はどうでもよい」

老人――ジェイムズはきっぱりと言い放った。

「それよりも、お前はレイモンドとどんな関係だ」

「レイモンド？」

首をひねる。

そんな名前の人、記憶にないんだが。

「その指輪、レイモンドの持ち物だろう？」

ジェイムズは渋い顔で俺の手を指した。

厳密にはマジックペディアを指した。

「殺して、奪ったか」

「違いますよ、これは師匠からもらった物です」

「師匠？」

俺は師匠との出会いを話した。

林の中で邂逅《かいこう》して、魔法を教えてもらって、マジックペディアをもらった。

一連の出来事を、ジェイムズに話した。

それを黙って聞いてたジェイムズは、やがて天井を仰いで大笑いした。

「ふはははは、あやつらしい。灯台下暗しといって一番危険なところに潜り込む辺りがいかにもだ。そうか、弟子をとったか」

どうやら信じてもらえたみたいだが……師匠。

あなた……知りあいに「らしい」って言われるほど、いつもそんな危険な事をしてるんですか。

「さっきの沿道にいたが、あの立ち位置ということはハミルトンとしてではなく、どこかのギルドの推薦だったのかな」

「はい、ハンターギルドです」

「何をやった」

俺は岩を降らせて、キャタピラーを倒した事を話した。

すると——

「ふははははは、いい、いいぞ。レイモンドめ、魔法に使われないいい弟子を取った」

またしても大笑いした。

「よし——サイモン」

ジェイムズは声を張り上げてよんだ。

すぐにドアが開いて、一人の男が入ってきた。

さっき一緒に部屋に入ろうとして、ジェイムズに止められた男だ。

「そこに立っておれ。リアムよ、お前の一番得意な攻撃魔法をあやつに向かって放ってみろ」

「え？」

「実際に力を見たい」

「……分かりました」

俺は深呼吸して、気を取り直して、サイモンと呼ばれた男と向き合った。

詠唱。

前に知って、それで調べたら、詠唱すると一時的に放出する魔力の上限を上げられるらしい。

そしてその詠唱は、自分の「魂を揺さぶる」ものだから、より自分の心に響く言葉の方がいい。

俺は唱えた。

「アメリア・エミリア・クラウディア――」

三人の女の名前、憧れの歌姫の名前を連呼した。

「――マジックミサイル、十一連射！」

無詠唱の限界が七、詠唱つきで一一まで限界を突破した。

一一本のマジックミサイルがサイモンに向かっていった。

途中で何かにぶち当った。

魔法の障壁だ。

マジックミサイルが次々と当って――ぱりーん。

障壁をぶち破って、二発ほどサイモンの体に当った。

「ぐふっ！」

障壁をぶち抜かれたサイモン、よろめいて苦悶《くもん》の表情を浮かべる。

「ふははは、ヤツの得意な多重魔法か。よい、よいぞお前」

「はあ……ありがとうございます」

「五男で……ギルドに所属しているということは、将来の独立を見据えているのだな」

「はい」

「うむ、ならばまずは騎士の位をやろう」

「え？」

「それで独立するがよい」

「え？　え？」

とんとん拍子で話がすすんだ。

翌日にはもう、国からの正式な勅命が下りてきて、俺は正式に騎士という位に叙された。

騎士とは国が認めている身分の一つで、庶民から準貴族とも言われている。

実際は貴族には程遠いのだが、国から一人前の人間として認められた証ということに変わりは無い。

こうして俺は、成人するまではハミルトンの家にいるが（脅威が去ったと思ったアルブレビトがそれでいいと言った）。

事実上、家から独立して、独り立ちしたのだった。

.21

昨日と同じ部屋で、ジェイムズ老人の前に跪《ひざまず》いていた。

用意してもらった儀礼剣を腰に差したまま、ほんのちょっと突き出す。

それを、ジェイムズが抜き放って、びゅん、びゅん、と軽く空《くう》を切る。

騎士《カ》の剣は主の物、主に使われる。

という意味合いを持っているという儀式だ。

ジェイムズはそれを軽く振った後、儀礼剣を俺の鞘《さや》に戻す。

「もうよいぞ」

そう言われて、俺は立ち上がった。

ふう、と息をはいた。

格式張ってたから、ものすごく緊張した。

「これで、正式に騎士じゃ」

「ありがとうございます」

「騎士の号を授けたが、別段やってもらうことはない」

ジェイムズはそう言い、ソファーに座った。

そして向かいのソファーをちょんちょんと指して、俺にも座るように指示した。

たったいま騎士に叙されたこともあって、俺は緊張しながら向かいに腰を下ろした。

「いままで通り、好きにするがいい」

「はい」

「自由はふえるであろう。お前の兄からは敵視されなくなるというだけで大きいだろう」

そう話すジェイムズ。

やっぱり貴族なだけあって、長男とその下の弟達の関係性をよく知っているんだな。

「もっとも、お前の父は複雑だろうがな」

「え？」

「それほどの力だ。利用して、家のために功績を挙げようと思ったはずだ」

「あっ……」

言われて、繋がった。

なるほど、父上が複雑そうな顔をしてたのはそういうことなのか。

「まあ、それはその後どうとでもなろう。その力で父親に協力すればいい。チャールズが指揮して、お前が一兵卒——なら功績は『ハミルトン』のものだ」

「はい」

「さて」

それまで真面目な話をしていたジェイムズが、ふいに悪戯《いたずら》好きの子供のような表情に変わった。

「レイモンドは実に悪戯好きだった」

「え？　は、はあ……」

いきなり何を言い出すのか、と首をかしげる俺。

「いつだったか、落とし穴を掘ったのだが。その落とし穴の縁にも犬の糞《ふん》をしかけててな。落ちた後、上ろうとしてくる時に二重にやられるわけだ」

「はあ……」

「そういう、二重に何かをしかけるのが好きな男だ」

そこでジェイムズは一旦言葉を切って、更にニコニコして俺を見つめながら、言った。

「お前は、レイモンドに何か『してやられた』と思ったことはないか？」

「えっと……あります」

俺は即答した。

そんなに前の話じゃない、つい最近のことだ。

湖の水を抜いたら、師匠が仕込んでた砂金があった。

卒業おめでとうの砂金が一〇〇キロも。

その事をジェイムズに話した。

「ふっ、断言しよう。その黄金は目くらましだ。本当の卒業祝いはそれの近くにまだある。しかも分からないように仕込まれている」

「！」

「それが真のお宝、本当の卒業祝いだ」

☆

俺はジェイムズに別れを告げて、一人で屋敷に戻って、林にやってきた。

まずはアイテムボックスを出して、全部吸い込んで——湖の水を抜いた。

干上がって、底が泥だらけの湖。あっちこっちで魚がピチピチと跳ねている。

俺は考えた。

ジェイムズの言葉を。

師匠はなにか「分からない事」を仕込んでいる。

師匠の手紙を取り出した。

『リアムへ　お前がこれを読んでいるということは、アイテムボックスの使い方をほぼ完全にマスターしたからだろう。もししてなくても、湖の中にアイテムボックスを沈めて、全部吸い込んだ後、水と生き物を吐き出させてみろ』

『金塊だと入らないから、砂金を湖にばらまいた。一〇〇キロはある。アイテムボックスを完全に使いこなせたら、マジックペディアの他の呪文もほぼ使いこなせてるんだろう。この黄金は俺からの卒業プレゼントだ』

『貴族の五男だって聞いた、独立する時の資金にでもするといい』

『追伸。もらうのが申し訳ないと思うんなら、なんで丁度一〇〇キロなのかを当てるといい。卒業試験だ』

最初から最後まで読んだ、行間がないか一生懸命に考えた。

「……もしや」

ある可能性を思いついた。

俺は一旦屋敷に戻った。

メイドに「砂金はないか」と聞いた。

メイドは答えられなくて、そこにアルブレビトがとおった。

ちょっとでいいから砂金がいる、と言うと、アルブレビトはあっさりとメイドを金庫に走らせて、それを持ってこさせた。

「騎士になったからには一人前だ、自分の行いに責任を持てよ」

と言って、アルブレビトはさっていった。
さらりと「別の家の人間だ」と念押しをしていく辺り、ちょっとおかしかった。
まあ、この先敵対しなくなるのは確実だから、これで。
俺は砂金をもって、湖に戻ってきた。
アイテムボックスをまた出した。

海水　五、〇〇〇、〇二九リットル
真水　五七八八リットル
純白炭　三一八キログラム
ジャミール銀貨　二四九枚
砂金　一〇〇・一キロ

砂金がちょっとふえていた。
それを全部、湖の底にだした。
山盛りの砂金、何も変化は起こらない。
俺は砂金を摘まんで、一粒ずつアイテムボックスに入れた。
変化が起きたのは、アイテムボックスの中の砂金が〇・一キログラムになった時。
つまり、砂金が一〇〇キロ分干上がった湖にある時。

水を抜いた。

アイテムボックスを使って、丁度一〇〇キロ分の砂金を干上がった湖の底に置いた。

水がなくなって、一〇〇キロ分の砂金がある。

あの日の状態と、真逆の状態。

そうなった瞬間——湖の底から魔法陣が現われて、なんと、「パカッ」って感じで開いた。

開いたそこに、下へ続く階段が現われた。

「そりゃ分からないよ、師匠」

『それが真のお宝、本当の卒業祝いだ』

ジェイムズの言葉が脳裏にリフレインする。

師匠をよく知る人が断言した事。

俺は、本当のお宝の内容にワクワクした。

.22

階段を降りていくと、すぐに最下層にたどりついた。

深さは通常の家屋の三階分もない。

一番下にはちょっとドアがあって、ドアを開けて中に入ると、シンプルな石造りの台があって、台の上には一冊の魔導書と、手紙があった。

俺はまず手紙を手に取った。

前と同じ、師匠の字だ。

『リアムへ　お前がこれを読んでいるということは、完全に俺の裏の意図を読み取ったという事だろう』

書き出しは、前のとあまり変わらなかった。

『そして、マジックペディアにある、もっともレアな魔法、アイテムボックスをも完全に使いこなせたという事だろう。そんなお前に、俺が持っていた最高の魔導書を渡す。最上級魔法に分類される物だ』

台の上を見た。

そこに置かれている魔導書に手を触れた。

これが……最高の魔導書か。

『ちなみに、その魔導書は俺には使えなかった。才能が無いのと、魔力が足りなかったからだ』

「師匠でも……使えなかったのか……」

『お前に使えることを祈っている』

そう締めくくられた師匠の手紙を再び折りたたんで、そっと懐にしまった。

そして、魔導書を手に取って、開く。

「アナザーワールド……どういう魔法なんだろう」

俺は魔導書を読んだ。

まずはやってみよう、とこれまでの魔導書と同じように、まずは練習――実践する方法から読んだ。

やり方を一通り頭にたたき込んで、魔導書を持ったまま魔力を込める。

うんともすんともいわなかった。

新しい魔導書、新しい魔法を始める時によくあることだ。

だが、今は分かる。

間違っていない事が分かる。

魔法を詠唱で使って以来、体の中にある魔力の流れをよりはっきりと感じ取れる様になった。

魔力は使われている、魔法を使うために使われている。

つまりやり方は間違っていない、まだ、発動出来ないだけだ。

そうと分かれば――後はものすごく簡単な話。

今までとまったく同じ話だ。

繰り返しの、練習。

魔法を覚えるにはそれしかない。

今までそれでやってきた、今回も同じこと。

俺は地下室にとどまって、アナザーワールドの魔法の練習を始めた。

魔導書に書かれてある手順にそって、丁寧に丁寧に、一つずつ手順をこなしていく。

新しい魔法を始める時はいつもこうだ。いや、全ての事に通じるかもしれない。

正しい手順を、丁寧にこなす。

慣れてきたりすると自分なりの手順を編み出していくもんだが、今はとにかく、正しい手順だけでやっていく。

気づけば、あっという間に数時間が経った。

その間、一度もアナザーワールドが発動しなかった。

初級、中級、上級——それらを全て飛び越えての、最上級魔法。

簡単にいくとは思ってない、俺は焦らなかった。

次第に、暗くなってきた。

地下室だからという事もあるが、時間経過で日没が近いのだろう。

「ウィスプ」

光の下級精霊、ウィスプを召喚。

拳大の光の玉、その両横に小さな翼がついているという、とても愛らしい見た目をした精霊だ。

それを召喚すると、地下室がたちまち、昼間のように明るくなった。

アナザーワールドの練習を続ける。

魔法同時発動二だから、特に複雑に考えることなく、ウィスプの維持とアナザーワールドの練習を続けた。

延々と続けた。

とにかく続けた。

体の魔力の流れは感じてるから、くじけないで続けた。

やがて、ウィスプよりも明るい光――太陽の光が射しこんでくる頃。

「やった！」

目の前に、「扉」が現われた。

丸半日かかった、ようやく最初の発動だ。

一般的に見るドアとかとはまったく違う見た目だが、発動した瞬間、それが「扉」だと分かった。

だから俺はそれをくぐって、中に入った。

すると、それまでにいた地下室から、まったく違う場所に来た。

まわりが真っ白い、閉鎖的な空間だ。

縦横ともに二メートル、高さはもう少しある二・五メートルってところか。

部屋のようで、部屋ではない空間。

振り向く。

扉がそこにあった、うっすらと向こう側が、朝日がさしこむ地下室が見える。

俺はアナザーワールドの魔導書を開いた。

後回しにした効果の部分を読んだ。

アナザーワールド。

この世ではない、別の世界に空間を作り出す魔法だ。

空間の広さは術者の練度と魔力に比例する。

一度出すと、術者が入っている限り、消滅する事はない。たとえ覚えたてでも。

そして術者の許可無く侵入することも出来ない。ただし同じ魔法を使える人間は例外的にアナザーワールドに入れる。

そして、完全に身につければ、中に納めたものは消える事はない。

アイテムボックスと似ている。

アイテムボックスは、無限大の空間を持っているが、生命があるものは入れられない。

たいして、アナザーワールドは空間こそ術者の魔力次第だが、今俺が入っているように、生き物――人間も入れる。

「ここに家を建てる――入れれば」

アイテムボックスを既に使いこなしている俺には、すぐにアナザーワールドの便利さが分かった。

これを完全にマスターすれば、家・拠点・秘密基地――言い方は様々だが、そういうものにいつでもどこでも出入り出来るようになる。

「ありがとう、師匠」

数ヶ月かかるが、俺は既に練習を続ければ絶対にマスター出来ると、今までの経験から確信していた。

独立するに当って、これ以上の魔法はない。

最上級魔法で、俺は世界で最高の自宅――の建設地を手に入れたのだった。

.23

「……んあ⁉」

ピクッとなって、俺は目が醒《さ》めた。

魔法の練習をしていたら、いつの間にかうたた寝をしていたらしい。

起き上がって、伸びをする。

真白い天井が見えた。

というかまわり全部が白一色だ。

アナザーワールドの中で、魔法の練習をしていたら、いつの間にか寝落ちをしてたようだ。

最近は、このアナザーワールドを便利使いしている。

毎日のように泊まっている。

アナザーワールドは、術者が中にいる限り、何があっても消滅しない。

今はまだ完全にマスターしていないから、使い終わって、外に出て、またアナザーワールドを使うとまっさらな新しい空間が出来る。

実質、自動的に片付いてくれる宿の様なものだ。

完全にマスターしてしまうとこの特性も消えてしまうから、ちょっともったいないなって気がしている。

このアナザーワールドの空間は他の人間も入れる。

入れる人間は二種類いる。

一つは、術者――つまり俺が許可をだした人間。

まあ当たり前の話だ。

もう一つは、魔力で押し切って入ってくる人間。

イメージとしては、鍵のかかってないドアを、内側から押さえるのと外側から押して開けるのと、力の比べっこのような感じだ。

それは下手な鍵とか、警護よりも安全だと思った。

便利かつ、安全。

それらが合わさって、俺は度々アナザーワールドで寝泊まりするようになった。

そして、その魔導書を手に入れてから早一ヶ月。

毎日やり続けた結果、発動時間が大幅に縮んで。

今や、一〇分でアナザーワールドを出せるようになっていた。

☆

「もう！　こいつかったーい！」

樹齢一〇〇年の樹がごろごろしている森の中、その開けたところで、俺とアスナはモンスターと戦っていた。

体長が二メートル近い、巨大なカエルのような見た目のモンスターだ。

見た目こそカエルだが、アスナが樹を駆け上って数メートル上から落下しながらナイフを突き立ててもちょっとしか刺さらないほど、その皮膚はものすごく硬い。

まるで岩石のようだ。

ジャイアントフロッグ。

俺達がギルドから依頼を受けて、討伐しに来たモンスターだ。

Aランクの依頼らしいが、騎士になった俺に、テストの意味合いも込めてギルドから頼まれた。

「アメリア・エミリア・クラウディア――サラマンダーよ、出てこい！」

魔導書をもったまま詠唱を交えて七体のサラマンダーを召喚した。

炎の精霊は俺の号令で、一斉にジャイアントフロッグに飛びかかっていった。

「よけろアスナ」

「分かった！」

ジャイアントフロッグの刺せなかった背中を蹴って、大きく飛び退《の》くアスナ。

途中でツタをつかんで、振り子の感じでジャイアントフロッグから離れた。

間髪を入れずにサラマンダー達がジャイアントフロッグに取りついた。

炎が巨大ガエルを灼《や》く。

カエルが炎のトカゲに噛みつく。

精霊は、術者の魔力を媒体に、この世に顕現している。

それを「受肉」と表現する術者もいる。

その表現通り、精霊は肉体のようなものを持っている。

ジャイアントフロッグは炎上しながらも、サラマンダーの肉体を次々とかみ砕いていった。

「リアム！」

「炎じゃダメみたい。槍をぶつけるから、同じところにたたみかけて」

「了解！」

大声で叫んだあと、もう一度詠唱をして、やっぱり七発のアイスニードル――氷の槍をジャイアントフロッグの眉間に集中するように放った。

次々と一点を穿《うが》とうとする氷の槍、貫けこそしなかったが、ジャイアントフロッグは大きくよろめいた。

そこにアスナが飛びかかった。

持ち前の身軽さで、ピョンピョンピョンと、ジャイアントフロッグの頭部に飛び移った。

そして、両手で逆手にガッチリ構えたナイフを眉間に振り下ろす。

ガツン！　ガツン！　ガツン!!　――ズプリ。

それまで岩を叩いているような音だったのが、肉を裂く音を立てて、眉間にめり込んだ。

ジャイアントフロッグが咆哮《ほうこう》した。

カエルの鳴き声ではない、野獣の――しかも苦痛の咆哮だ。

その咆哮は、シームレスに怒りの咆哮に移行した。

肌にピリピリと突き刺さってくる殺意。

次の瞬間、ジャイアントフロッグが口を大きく開いて、息を吸い込み始めた。

腹から大きく膨らんでいく。

ただでさえ大きいのが、もっと大きく膨らんでいく。

「きゃ！」

「来たか！　戻ってこいアスナ」

「うん！」

ナイフを抜いて、飛んで戻ってきた。

「来たんだな？」

「うん、すっごいビリッと来た」

アスナが言った直後、ジャイアントフロッグの膨らんでいく巨体が放電を始めた。

これが、ジャイアントフロッグの一番やっかいなところだ。

怒り状態になると、体を膨らませつつ全身から電気を放出する。

その効果範囲は、じつに半径百メートルほど。

森の中では逃げようがないと言ってもいい距離だ。

だが。

俺は備えていた。

備えているからこそ、詠唱で七連までしか使えなかった。

アナザーワールド。

戦闘開始からずっと魔導書を持ったまま使っていたのが、ようやく発動した。

「入れ！」

「う、うん！」

初めて見るアナザーワールドに戸惑いつつも、俺に言われたとおり中に入った。

俺も中に入った。

二メートル四方の白い空間の中に入った。

そして、外ではジャイアントフロッグが放電を始めた。

その電気は草木を、そして逃げ遅れた小動物達を焦がしていったが、アナザーワールドの中には入って来られなかった。

「すごい、こんな魔法も使えたんだ」

「あの放電が生物特有の機能だからな。魔法だったら危なかったかもしれない」

「そういうものなの？」

「ああ」

「へえ……でもやっぱりすごいね」

俺達は、絶対に安全な、アナザーワールドの中で、ジャイアントフロッグの放電を眺めていた。

放電は一分間続いた。

まわりが黒焦げになった。

放電しきったジャイアントフロッグは元のサイズに戻って、ぐったりしていた。

「いくぞ」

「うん！」

俺とアスナはアナザーワールドから飛び出した。

俺はアナザーワールドを一回消して、魔導書を持ったまま再発動しながら、詠唱で七連の攻撃魔法を放つ。

アスナは両手のナイフでジャイアントフロッグを切り刻む。

放電しきってぐったりしているジャイアントフロッグは、なすすべもなく攻撃を受ける。

一番やっかいな発狂放電をアナザーワールドでスルーした後、攻撃を集中させて、ジャイアントフロッグを倒した。

Aランク相当の依頼を、俺達は無傷でクリアして、ギルドマスターを盛大に驚かせた。

.24

「むむ……たしかに、ジャイアントフロッグの魔石だ」

ハンターギルドの中、俺達が持ち帰ったジャイアントフロッグの魔石を見て、信じられないって顔をするギルドマスター。

「なに？　依頼出したのそっちじゃない」

「それはそうなのだが……こうも早く討伐するとは……。一週間はかかるものだと思っていたのだ。

実質……一日か？」

「半日くらいかな？　ねっ、リアム」

「そうだな」

ジャイアントフロッグとの戦いの記憶を振り返る。

アスナの言うとおり半日くらい、いやもっと短いかもしれない。

「半日……」

ますます唸《うな》るギルドマスター。

ギルドの中にいる、他のハンター達もざわざわしている。

「……いや、ここはさすがだと言うべきだな。ありがとうリアム——それにアスナ」

まず俺に言ってから、なんだかついでのようにアスナもねぎらった。

すると、アスナは複雑そうな顔をした。

「すまん、今のはわざとじゃないんだ」

自分の対応がきっかけだと気づいて、弁明をするギルドマスターだが、アスナはゆっくりと首を振った。

「ううん、あたしも分かってる。リアムにおんぶに抱っこで、あたし自身大した事してないって。

ぶっちゃけリアム一人でもジャイアントフロッグ倒せたもん」

「そんなことは――」

「あたし自身が一番分かってるもん」

アスナは微苦笑しながら言った。

語気は普通だが、意志は強い。

「もっとちゃんと強くならないとね。そうしないとリアムに置いてかれそう」

「それなら、使い魔になったらどうだ？　ちゃんと契約を結んで」

ギルドマスターがいきなりそんな事を言い出した。

「使い魔？」

「それってなに？」

俺もアスナも分からなかった。

「魔法使いは使い魔を使役するものってのは知ってるか？」

「ううん」

「それは知ってる」

アスナは首を振って、俺は頷いた。

魔法を勉強するようになってから、魔導書ではないが、屋敷の書庫にある魔法に関する書物も少し は読んだ。

「魔法使いが契約して、絶対服従で使役する存在の事だろ？　でもあれは魔物にするもんだって。

だって使い『魔』だし」

「必ずしもそういうわけじゃない。ただ、魔物と契約した方が、戦力的に有利だから、大抵の魔法使いは魔物と契約しているだけだ」

「そうだったのか……」

「ねえ、その使い魔ってなに、契約したらどうなるの？」

そこに希望をみいだしたからか、アスナはギルドマスターに説明を迫った。

「契約魔法で主従関係を結ぶんだ。契約を結んでしまうと、主人の本気の命令には逆らえない、契約解除も相当難しいが、主人の力次第で、使い魔側の能力があがる。基本は主人を守れるように強くなるって言われてる」

使い魔契約の説明を静かに聞いた。

概《おおむ》ね、俺が知っているのと同じ内容だ。

召喚魔法の一つに契約召喚があるが、あれと似ているようで、大分違う。

契約召喚は、契約した相手の「幻影」を呼び出すもの。

一方の使い魔契約は、本人と契約を交わして、本人を使役するものだ。

幻影と、本人。

そこに決定的な違いがある。

「そっか……ねえリアム、契約……してくれない？」

アスナは俺に言ってきた。

上目遣いで見つめてきて、何かをおねだりするような表情だ。

普段は快活なイメージの彼女が見せる、楚々《そそ》としたその表情。

思わずどきっとするくらい可愛かった。

「いいんだけど……絶対服従だぞ？　俺の命令には逆らえなくなるんだぞ」

俺は聞き返した。ギルドマスターも「そうだぞ」という表情でアスナを見た。

「それなら大丈夫。あたしリアムを信じてるから」

「信じてる？」

「うん。付き合いはまだそんなに長くないけど、リアムは真面目だしいい人だし、それで変な事はしないって信じてる」

「そうか……」

信用、か。

ものすごく得がたい物を、いつの間にか得ていたようだ。

「……もしそうだったとしても、べつにいいし」

「うん？　今なんて言った？」

「ううん、なんでもない」

確実になにか言ったアスナだが、首を振って否定した。

そして気を取り直して、またしても俺を見つめてきた。

「ねっ、お願い」

「……アスナがそこまで言うのなら。でも、魔法なんだろ、それ。俺に出来るかな」

「大丈夫だ。それは他人に――見届け人にかけてもらう魔法だから。俺がやってやる」

「そっか。なんだか――」

結婚みたいだな、と言いかけて、その言葉をのみ込んだ。

そうと決まれば、って感じでギルドマスターは準備を始めた。

ギルドの中で、あっちこっちに散らばっている他のハンター達が集まってきた。

みんな、見るからに見物客だって感じで、楽しそうな顔をしている。

ギルドマスターは俺とアスナを向かい合うように立たせた。

そして魔法をかけて、俺達を中心に魔法陣が広がると、アスナに跪かせた。

アスナは躊躇《ちゅうちょ》なく跪いた。

俺はちょっと戸惑った。

主人と使い魔、主従の契約だから、こういうポーズになるのか。

「手の甲を彼女の前に突き出して」

「ああ」

「その手の甲にキスを、騎士と貴族のイメージでいい」

「はい」

アスナは素直に、俺の手の甲にキスをした。

指の付け根に甘いしびれが突き抜けていった。

光が俺達を包み込んで、一瞬だけまばゆく光って——弾《はじ》けた。

目をそらした後、光が収まった後、アスナに振り向く。

すると、驚いた。

「……アスナ?」

目の前のアスナが、微妙に変化していた。

明らかに胸が大きくなってて、腰のくびれもはっきりした。

何よりも——綺麗になった。

ぱっと見れば同一人物だが、よく見れば前よりはっきりと綺麗になったと感じる。

どこが綺麗になったんだ——って思って彼女を観察しようとすると、消えた。

アスナの姿が目の前から消えた。

「「「おおお!?」」」

まわりがざわつく。

「後ろだよ」

びっくりして、パッと振り向く。

いつの間にか、俺の背後に回り込んでいたアスナ。

姿が消えたと思ったら。

「何をやったんだ?」

「速く動いただけ」

「速く？」

「うん。契約の終わった瞬間に頭の中に声が聞こえてさ。ユニークスキル【スピードスター】っていうのが覚醒したって、声が聞こえてきたんだ」

アスナがそう言った瞬間、ギルドの中が爆発的にざわついた。

「なんだと⁉」

「ユニークスキルの覚醒だって？」

「そんなの最上級の魔術師との契約でだけなるもんだろ？」

まわりがざわざわする、いまいち状況がのみ込めなくて、ギルドマスターに目を向けて、説明を求める。

「つまり」

ギルドマスターはますます、感動した目で俺を見つめて。

「お前が、彼女を『進化』させたのだ」

.25

「むむむ……」

次の日、ハンターギルドの前。

今日も一狩り行こうと、待ち合わせしてたら、現われたアスナが難しい顔で首をひねっていた。

「どうしたんだアスナ」

「あっ、リアム。いやあ……あのね？」

アスナは複雑な表情、気まずそうな笑みを浮かべた。

「これ」

「これって……封筒？」

「ラブレターなんだ」

「ラブレター？」

予想しなかった言葉が飛び出してきて、びっくりして改めてアスナを見た。

彼女が取り出して、扇状に広げている封筒は三枚ある。

「今日、ここに来るまでの途中に三回も呼び止められたんだ」

「はえ……」

「急にどうしたんだろ。昨日までこんなことなかったのに。やっぱりジャイアントフロッグ討伐したおかげかな」

アスナはそう言いながら首をひねっているが、俺はそうじゃないと分かっていた。

「それは、契約の効果だよ」

「契約の？」

「使い魔の。自分じゃ気づいてないけど、契約した直後から、アスナ、めちゃくちゃ綺麗になってるよ」

「へえ……ってえええええ⁉」

時間差で素っ頓狂な声を上げてしまうアスナ。

やっぱり気づいてなかったのか。

「そ、そうなの？」

「鏡とか見なかったのか？」

「えー、やだなリアム。庶民の家に鏡なんて高価な物はないって。うちも十代前だったらあったけどさ」

「あー……そうだった」

最近それがある生活を送ってきたからつい失念してた。

鏡は基本的に高級品、よほどの事でもない限り庶民は家に鏡なんて持ってないものだ。

「それはともかく、すごく綺麗になってるから、それで言い寄ってきたんだと思うよ」

「ってことは、あたし、顔変わってる？」

「いや、基本はアスナのまま。綺麗になっただけ」

「へえ……すっごいねえ、それ。スキルだけじゃなくて、見た目も綺麗になるんだ」

「昨日あれから屋敷の書庫で調べた。理屈は、スキルを使いこなせるように、肉体がその人のベストになる、って事らしい」

「なるほどなるほど。そっか……」

アスナは自分の顔をべたべたと触ってみた。

まだピンとは来ていないみたいだが、悪い気はしてないみたいだ。

まあ当然だ。

綺麗になった、って言われて嬉しくない女なんてそうはいない。

一方で、俺はあごを摘まんで、うつむき加減で考えごとをした。

「どうしたの？　なんか気になることがあるの？」

「ああ。こうなると、この使い魔契約をもうちょっと試してみたいんだけど、普通の魔法と違って、相手の事もあるし、なかなかな」

契約召喚なら、対象はその者の幻影だから、気楽に試せるものなんだが。

「……それなら、心当たりがあるよ」

「うん？」

顔を上げると、どこかワクワクしているアスナが見えた。


アスナに連れられて、街の外れにやってきた。

昔の俺が住んでいたのと同じような、これといった特徴の無い、ありふれた庶民の平屋だ。

アスナは迷いなく、その一軒に向かって行き、ノックをした。

「ジョディさん、いる？」

もう一度ノックをして、相手の名前を呼ぶ。

返事がなかった、俺はアスナに問いかけた。

「知りあい？」

「うん、ハンターの人、あたしが駆け出しの時に色々お世話になったんだ」

「ふむ、その人がなに――」

言いかけたところで、ドアが開いた。

年代ものの蝶番《ちょうつがい》が軋《きし》み音を上げる。

そうして姿を見せたのは……中年の女性だった。

年は四〇歳前後か、穏やかな表情をしていて、人柄の良さを感じさせるたたずまいをしている。

「お久しぶり、ジョディさん」

「あら、アスナちゃんじゃないの、どうしたの今日は」

「ちょっと話があってさ、上がって良い？」

「ええ、どうぞ。そちらの方も、どうぞ」

こっちの素性を聞くまえから招き入れてくれたジョディさん。

声は表情同様穏やかだが、無鉄砲さではない。

声から深い知性と理性が簡単に窺《うかが》える。

俺達は家の中に入った。

質素なリビングに通され、椅子に座らされて、お茶を出された。

そこで、アスナはジョディさんに使い魔契約の事を説明した。

「あらあら、少し見ないうちに綺麗になったと思ったらそういうことなの。私はてっきり、いい人が出来て幸せになったから、と思っていたわ」

ジョディさんは穏やかに微笑みながら、ちらっとこっちを見た。

えっと……それってつまり。

アスナが綺麗になったのって、よくある恋をした女の子は――って思ってたってことか。

「それはまあ、おいといて」

アスナは古典的な、存在しない何かをどかすジェスチャーをした。

「ジョディさん、リアムと契約してみない」

「私が？」

「うん。リアム、ジョディさんおすすめだよ。パーティーを組んだらすっごい戦力になると思う。すっごいベテランで強いよ。もしスキルなんて持とうものなら最強だよ」

「ふむ」

俺はジョディさんを見た。

話がようやく全部見えてきた。

アスナがそこまですすめるのなら……。

「えっと、ジョディさん、そういう事だから――どうだろうか」

「こんな私で力になれるのかしら」

「ジョディさんなら絶対いけるよ」

割と前向きなジョディを、アスナはそのまま押し切って、流れでハンターギルドに連れ出した。

☆

ギルドマスターに事情を説明して、使い魔契約をやってもらうことにした。

昨日のアスナと同じように、魔法をかけてもらって、使い魔契約を結んでもらった。

魔法の光が俺とジョディさんを包み込んで、ぱあと広がってギルドの中に充満する。

ここまでも昨日通り、そこに居合わせた全員が目を逸らした。

やがて、光が収まった後――。

「「「えっ？」」」

ざわざわざわ。

その場にいる全員が驚いた。

間違いなく、昨日以上の驚きだ。

「あら？　みなさんどうかしたのですか」

そこにいたのはアスナとほとんど変わらない、十代のおっとりとした感じの美少女だった。

若返ったのが、一目で分かる。

ジョディさんだ。

四〇代だったジョディさんが、一〇代の美少女に若返った。

「し、しんじられん……。どれほどの潜在魔力を持っているのだ、お前は」

ギルドマスターが絞り出した一言が、その場にいる全員の総意を代弁するかのようなものだ。

使い魔契約で、俺の魔力で、ジョディさんは普通ではあり得ない若返りをはたしたのだった。

.26

ギルドの中がざわつく中、自分の変化が見えていないジョディは不思議そうな顔をしていた。

「あら、皆様、どうかなさったのですか?」

「どうかなさったって……マスター、鏡ある?」

「あ、ああ。ちょっと待て」

マスターはカウンターの向こうから鏡を取り出して、ジョディに向けた。

鏡の中の自分を見て。

「あらぁ……」

ジョディはおっとりしたまま、しかし確実に驚いた。

「懐かしい顔ですねぇ。これ、契約のおかげかしら?」

「……そのようだ」

人が若返るという衝撃から俺も落ち着きを取り戻して、静かに頷いた。

「なるほど……あっ」

「今度はどうしたんだ?」

「これが……スキルなのですね」

ジョディが頬を押さえながら言うと、ギルドの中は更にざわついた。

「まさかまたユニークスキル？」

「若返りだけじゃなくて？」

「とんでもねえ……」

「ジョディさんのはどんなスキル？」

「そうですね……ちょっと待っててください？」

ジョディはそう言って、ギルドから出ていった。

どうしたんだろうって思った。

状況がよくのみ込めないまま、待つこと十数分。

ジョディは、白い皿をもって戻ってきた。

皿の上には、綺麗に三角形に切りそろえられたサンドウィッチがある。

それはなに――って聞く前にジョディがギルドの中を見回して。

「どなたか、怪我をなさってる方はいませんか？」

若返った美少女に見られ、聞かれて、その場に居合わせたハンター達は戸惑ったが、一人の男が前に進み出て。

「脇腹をちょっと抉《えぐ》られてる」

「では、これを召し上がってください」

ジョディはそう言って、皿ごとサンドウィッチを差し出した。

男は戸惑いながらも受け取って、サンドウィッチを頬張った。

「うまいな……これがどうかした――え？」

サンドウィッチを頬張る口ごと固まった男。

ギルド内はざわざわする。

男は信じられないような顔で自分の腹を見たあと、おそるおそる服をたくし上げた。

腹にぐるぐると包帯が巻かれていた。

包帯には血がにじんでいる。

男はおそるおそる包帯をほどく――すると、血がにじんでいたはずの箇所には傷がなかった。

「治ってる⁉」

男は驚いてジョディを見た。

ジョディはニッコリと微笑んで、俺を見た。

「私の料理、怪我を治す効果が出るようです」

その場にいる全員が絶句した。

俺はギルドマスターを見た。

ギルドマスターは唖然《あぜん》としたまま。

「すごい……治癒効果のある料理なんて……初めて見た」

二人のユニークスキル、そしてジョディの若返り。

立て続けに「奇跡」のような事が公衆の面前でおこり。

噂は、たちまち街全体に広まった。

☆

☆

「第一王女がお見えになる」

「……え？」

屋敷の応接間で、ジェイムズと向き合っていた俺はきょとんとなった。

ポカーンとなった俺、ニコニコ顔のジェイムズ、少し離れたところで静かに佇んでいる若いメイド。

噂を聞いたジェイムズに呼び出されたはいいが、初っぱなからまったく予想外の事を言われて戸惑ってしまった。

「第一王女って……？」

「スカーレット・シェリー・ジャミール殿下だ」

「いえ、そういうことではなく……王女って、あの王女？　お姫様？」

「うむ」

ジェイムズは大きく頷いた。

「な、なんで？」

「弱冠十二歳ながらハンターギルドのAランク討伐を中心になって達成。同時魔法最大一一の魔法使い。使い魔を進化・若返りさせる魔力の持ち主」

ジェイムズは指折って、俺がやったことを数え上げる。

「並みの事ではない、その事を知ったスカーレット殿下はいたく興味をもたれた。お前に会いに来る」

「お、お姫様って、下々の事をいちいち気にかけるの？」

「儂《わし》が報告した」

「ええっ⁉」

ガタッ、と、驚きのあまり立ち上がってしまう。

膝がテーブルにあたって、ティーカップをひっくり返してしまう。

それをメイドが無言で片付けた。

「騎士に叙した男だ、その行状をしばらくは報告する必要がある。推薦した人間がな。知っているか？　九割の貴族、あるいはそれに準ずる立場の人間が、なった直後に問題を起こしているのだ」

「なった直後に……？」

「自分は偉くなったと気が大きくなるのだ」

「あぁ……」

なるほどそれは分かる。

この貴族の五男に乗り移る前から、そういう人間をたくさん見てきた。

いきなり人が変わったかのように威張り散らしたり、横暴になったりする。

「という訳だ。殿下は特にお前の使い魔のことに興味をもった。ユニークスキルもだ。殿下の前で実演するといい」

「……」

俺は無言で座り直した。

「どうした」

「それ、断れませんか？」

「なに？」

ジェイムズが眉をひそめた、片付けていたメイドも固まった。

下を――テーブルの方を向いているから顔は見えないが……想像はつく。

メイドは庶民、俺も元々庶民。

王女様に楯突くなんて、普通は考えすらしないものだ。

「断る？　何故だ」

「彼女達は仲間だ、見世物じゃない」

「……」

「その力が必要でどこかへ行け、っていう話なら従いますが、興味があるから見せろ、という話じゃ受けるわけにはいかない」

「……第一王女殿下なのだぞ」

「であってもです」

正直、ここで断ったらどうなるのか分からない。

俺はリアム――貴族の五男に乗り移って数ヶ月しか経ってない、中身はまだまだ庶民のままだ。

分からないけど、庶民だからこそ。

パーティーを組んでる仲間を、王族の好奇心のために見世物にするのはダメだと思う。

特に――今は使い魔契約を結んでいる。

俺の命令は絶対服従、だからこそさせられない。

ただの仲間ならものの試しに頼みもするが、絶対服従がかかってる状態だと頼む事すらしたくない。

「分かった、儂から進言しておこう。お前が自分の魔法を殿下にお見せするのは？」

「俺の事ならいくらでも」

多分、ジェイムズの助け船だろうな、これは。

だからこそ俺はそれにのった。

自分の事ならいくらでも、と、まっすぐジェイムズを見つめて言い放った。

☆

リアムがいなくなった後の部屋の中。
ジェイムズは立ち上がり、片付けの姿勢のままテーブル横にしゃがんでいたメイドに――なんと
深々と一礼した。

「申し訳ありません、殿下。このような事をさせてしまい」

「よい、メイドに扮すると言い出したのは妾自身《わらわ》。ならばメイドとして振る舞わざるをえない事で、そなたに責はない」

「はい」

メイドは立ち上がって、ヘッドドレスをはずした。

瞬間、まとめていた髪がふぁさ、と広がる。

窓から射しこむ日差しを反射したきらびやかな金色。

王侯貴族と平民の一番の違いは「髪質」と言われている。

栄養状態がよく、手入れする余裕がある貴族の髪のコンディションは平民のそれよりも遥かに良い。

きらびやかな金色は、そのまま彼女の身分を主張しているようだ。

第一王女スカーレット・シェリー・ジャミールは、メイド服のまま、高貴なオーラを放ち始めた。

リアムの事を知りたい、と彼女は身分を隠して、メイドと偽って同席した。

その結果に、彼女は満足した。

「面白い少年だ」

「はい」

「そなたが騎士に推すのも分かる」

「ありがとうございます」

「騎士に叙した後、何も問題は起こしていないのだな」

「はい、いつも通りの日々を、魔法の練習に明け暮れていたもよう」

「ふむ……ならば、少年に男爵を授けよう」

「よろしいのですか？」

「先行投資――としてはどう見る」

「……むしろ安い買い物かと。数少ない同時魔法の使い手、そして使い魔を進化させるほどの潜在魔力。数百年に一人の才能と見ました。功績を挙げだせば……最終的に公爵の椅子は用意しなければならないでしょう」

「うむ」

スカーレットは頷く。

「ならば何も問題はないな」

「はっ」

ジェイムズはそれ以上反対しなかった。

こうして、リアムのいないところで。

彼は貴族の五男から、一人の貴族へと立身出世を果たしたのだった。

.27

三日経って、俺は再びジェイムズの屋敷に呼び出された。

第一王女殿下がお見えになってる——使者にそう聞かされた俺は気を引き締めて向かったのだが
——甘かった。

まず沿道、屋敷に近づくにつれて、野次馬の数が増えていった。

そして屋敷に、到着したはいいが、警護が普段の数百倍だ。

正門から屋敷に続く道の両脇が、山ほどの兵によって固められている。

何かの儀式・礼典、そんな感じがした。

「こ、こんなに大事《おおごと》だったのか？」

背中にいやな汗が出た。

かといって引き返す訳にはいかない。

姫様が俺に会いたいという事を聞きつけた父上が、

「決して無礼のないようにな」

って、出かける前にわざわざ念押ししてきたのだ。

俺は意を決して、何回か来て顔見知りになった門番に言って、通してもらった。

ザッ……ザッ……ザッ……。

屋敷に続く道、両脇の兵士が直立不動で並んでいる。

何もしてないしされてないが、その数がもうプレッシャーを与えてきた。

進んでいくと、屋敷の扉の前。

階段を上って屋敷に入る造りなので、すこし高いところに一人の女性が立って、こっちを見下ろしていた。

権威。

その二文字が俺の頭の中に浮かび上がってきた。

山ほどの兵に守られた、高い位置にいる――王女。

ゴクリ。

思わず喉がなった。

☆

「リアム・ハミルトンと申します」

急なことで、教えてもらった礼法が怪しかったが、どうにか教わった通りの事は出来たはずだ。

屋敷の中の一番豪華な部屋で、俺は第一王女スカーレットと対面している。

――いや、謁見している。

スカーレットが座っているのはものすごく高価そうな椅子で、玉座っぽく見える。

そのまわりを何人もの兵士が物々しくガードしてて、ジェイムズが大臣のように控えている。

劇とかで見る、謁見のシーンにそっくりだ。

「面《おもて》を上げよ。だれか、其《そ》の者に座を」

スカーレットが言うと、メイドが一人、椅子を持ってやってきた。

俺はそれに座った。

スカーレットはキャタピラー、そしてジャイアントフロッグの討伐の話を聞いてきた。

俺はちょっとほっとした。

スカーレットと会って、何を聞かれるのか不安だった。

答えられない質問だったらどうしようかって思ったけど、これなら簡単だ。

俺は、モンスターの討伐を事実通りに話した。

それを静かに、最後まで聞いたスカーレットは。

「面白い。特にジャイアントフロッグ。上級攻撃魔法を使わずに討伐する話は初めて聞く。そなたはどうか」

「寡聞《かぶん》にして存じ上げませんな。あれは上級魔法による短期決戦、一気に殲滅《せんめつ》するのが定石」

ジェイムズが答える。

上級魔法か……どんなものなんだろうな。

魔法が憧れの俺は、上級攻撃魔法や上級精霊召喚はいつか覚えたいと思っている。

「そして、使い魔契約」

スカーレットが言う、俺はびくっとした。

本題が――来た。

「話は聞かせてもらった。面白い。この場で見せてくれぬか」

「……」

俺は唾を飲んだ。

権威。

さっきからずっと感じてた権威。

押し寄せてくるプレッシャー。

俺にやらせようとしてこうしてるのか。

だったら、なおさら。

「申し訳ありません、それは出来ません。仲間を見世物にすることは出来ません」

と、ジェイムズに言ったのと同じことをもう一回繰り返した。

「表裏一致している、か」

「え？」

「ふふ、面白い、ますます面白い。気に入ったぞ」

「え？　え？」

楽しそうな表情で笑い出すスカーレット。

今の……楽しい要素、あったか？

「私を二度も楽しませてくれた人間はそうはいない」

「二度……？」

どういう事だ。

「それに報いねばならんな。ジェイムズ卿《きょう》」

「はい」

「予定通り、リアムに男爵位を授ける」

「御意《ぎょい》」

「……え？　だ、男爵？　俺に？」

「うむ」

「でも、俺何もしてない。功績とか……」

そう、貴族になるには功績がいるはずだ。

父上が必死になって挙げようとしている功績。

俺は何もしていないはずだ。

「私を二度も楽しませた、十分だ」

「た、楽しませただけで？」

「女衒《ぜげん》のまねごとよりはよほどいい」

女衒……ああ、父上の事を知っているのか。

王や皇子に妃を献上する、娘を差し出す。

女衒ってのも……言い過ぎでもない気がする。

「ついでだ、これもやろう」

スカーレットは手をすぅとあげた。

するとまたメイドがやってきて、トレイに一冊の本を載せてもってきた。

「これは……？」

「ファミリア――使い魔契約の魔導書だ」

「――っ⁉」

「覚えられるなら自分で覚えた方がよいだろう」

「ありがとうございます！　ありがとうございます！」

俺は魔導書を受け取って、パッと立ち上がって、何度も何度も頭を下げた。

「……ふははは、男爵位よりも魔導書か。つくづく面白い少年だ」

それを見たスカーレットは一瞬きょとんとなってから、大笑いした。

☆

使い魔契約魔法・ファミリア。

その魔導書をもらった俺は、早速いつものように屋敷の林にこもって、魔導書で練習をした。

ファミリアを完全に習得するまでは、それで契約しても魔導書から一度手を離しただけで契約が解除される。

これを仮契約というらしい。

他の魔法と同じ、完全に習得して、魔導書無しでも効果が永続するようになってからの契約を本契約という。

俺はファミリアを一生懸命練習した。

もちろん、完全習得まであとわずかになっているアナザーワールドの練習も欠かさない。

それを、延々とやっていると。

「また魔法かよ」

「え？　ブルーノ兄さん」

背後から声をかけられたので振り向くと、婿に出たブルーノの姿があった。

「どうしてここに」

「遊びに来るくらい良いだろ？　貴族同士、交流は必要だ。俺は今、オヤジと同じ貴族だからな」

ブルーノは冗談めかしてそう言った。

なるほど、今のブルーノはハミルトンの四男じゃなくて、別の貴族の家の当主——だから同格ってことか。

「お前の話を聞いたぞ」

「俺の？」

「男爵になったようだな」

「あ、ああ」

「くっくっく……アルブレビト、今頃悔しがってるだろうな」

「え？」

「そうだろ？　あれだけ貴族の跡継ぎにこだわってた男だ。今やお前より下なんだからな」

ああ……片方は貴族の息子、片方は貴族。

なるほど。

「まあ、そもそもだ。事実上お前、オヤジよりも立場が上だがな」

「え？　でも俺男爵……」

俺は男爵になった、父上は伯爵だ。

伯爵は男爵よりも上——貴族の五男に乗り移って数ヶ月程度の俺でもその事は分かる。

「ばーか、そりゃ名目上はそうだろうけどよ」

「名目上？」

「考えてもみろ、お前は自分の家の『初代』だ」

「うん」

「オヤジはこの家の『三代目』だ」

「それで？」

「この国の貴族はな、自力で功績を立てた『初代』と、受け継いだだけのその他大勢にわかれるんだよ。功績立てた人間の方が実際すごいだろ。何かある時の発言権も大きい」

「あっ……」

なるほど、そう言われるとそうかもしれない。

「よくやったぞリアム。あのクソオヤジを超えてくれてよ」

楽しげなブルーノ。

どうやら俺は、実質的な立場で父上を超えたようだ。

.28

朝、ギルドに出かけようとして、屋敷の廊下でアルブレビトと遭遇した。

俺が今から出かけていくのに対して、向こうは今帰ってきたばかりって感じだ。

徹夜明けっぽくて、ちょっとやつれてる感があって、目の下にクマが出来ている。

不思議に思いつつも挨拶しようと身構えたが――アルブレビトは速度をあげて、俺が頭を下げるよりも早く横を通り過ぎていった。

「今に見ていろ」

ぎょっとして振り向くと、アルブレビトは立ち止まることなく、そのまま立ち去ってしまった。

ブルーノの言葉を思い出す。

やっぱり……アルブレビトには面白くない状況なんだなあ……。

☆

屋敷では何かと角が立つから、俺は街のカフェでアスナとジョディの二人に合流した。

魔法「ファミリア」で契約した、俺の仲間《使い魔》の二人。

そんな二人と向かい合って座っていると。

「おいあれ、すっげえ美人じゃねえか」

「どっちもすごい綺麗だな……この街にあんな美人いたっけ？」

「おまえ、ちょっと声かけてこいよ」

まわりがざわざわして、アスナとジョディの二人に注目していた。

話しかけてこいとはやしたてる声もあったが、二人が美しすぎて気後れしてる感じで、実際に声をかけてくる人は皆無だ。

そんな中、ジョディが座ったまま、しずしずと会釈程度に俺に頭を下げてきた。

「これからよろしくお願いします、ご主人様」

「ご主人様？」

何の事だ？　と首をかしげた俺。

「主従の契約を結んだんですもの。もしかして、他の呼び方の方がよろしかったでしょうか？」

ああ……なるほど。

「そういうのはいい、くすぐったい。普通に名前で呼んでくれ」

「いいのですか？」

「それで頼む」

ジョディはしばらく俺を見つめた。

目をまっすぐに、真意を探るかのように見つめてきた。

やがて――

「分かりましたわ。ではリアムくん、って呼びますわね」

「ああ」

年上って事もあり、ジョディの性格や言葉遣い的な事もあって。

俺は、すんなりと「くん」を受け入れた。

「まあでも、ジョディさんがご主人様って呼ぶの、分かる気がするな」

アスナがそんな事を言い出した。

「そうなのか？」

「うん！　最近なんだかリアム、格好良く見えるし。頼りがいとかあるし、実際すごいし。年下なんだけど、本当にこう、ご主人様、って感じするよね」

「ええ、こう……一緒にいてドキドキするもの」

「ジョディさんはまだ一緒に狩りに行ってないのにそれかあ。一緒に仕事したらもっとそうなるよ」

「あらあら、それは楽しみね」

アスナとジョディ、二人は俺への好意を露《あら》わにした。

そのせいで、まわりの男から睨まれる俺。

二人の好意は嬉しいが、今は外だ。

これ以上まわりを刺激しないように、俺は話を変えた。

「順番がめちゃくちゃだけど、これから一緒にパーティーを組む、って事でいいか？」

「もちろんそうだよ。ねっ、ジョディさん」

「はい、ご一緒しますわ」

「そっか。じゃあ改めてよろしく」

俺は手を出して握手を求めた。ジョディはにこやかに握り返してくれた。

本当に順番がめちゃくちゃだが、正式に彼女とパーティーを組むことになった。

「で、これからどうすんの？」

アスナは俺に方針を求めた、ジョディも俺をじっと見つめて、答えを待った。

「こつこつと狩りをしていこう」

「いいの？　リアム、もう男爵様だよ？　もっとこう、でっかい依頼を受けていった方がいいんじゃないの？」

「地位をもらったからと言って俺の中身がすぐに変わる訳じゃない。無理をして失敗して、まわりに迷惑をかけたら目も当てられない。今の力で、無理せず出来る事をやっていこう」

「おー……」

「あら……」

俺が示した方針を、アスナとジョディは感動した目で同意をしめした。

☆

店を出た後、一旦ギルドによって、狩りの情報を確認してから街を出た。

野犬の掃除がまだ続いてた（ジェイムズが帰るまでは続くらしい）から、それをやることにした。

なじみになった街道を進んで、見つけた獲物に向かって、ジョディは弓を引いた。

限界までそった弓から放たれた矢は、二十メートル近く先の野犬の胴体を射抜いた。

「アスナちゃん」

「了解！」

ジョディが言うと、アスナは二刀ナイフを構えて、野犬に飛びかかっていった。

野犬は逃げようとするが――胴体に矢が刺さってまともに動けない。

その野犬にアスナは一瞬で距離をつめて、首を切りおとした。

遠目でも分かる、鋭い太刀筋だった。

ファミリアで契約する前よりも、明らかに身体能力が上がっている。

「すごいわ……」

「ん？」

「前よりずっと目がよく見えるわ」

「見えると良いのか？」

「弓兵は目が命ですもの。相手の姿が見えないとそもそも狙えませんわ」

「そりゃそうだ――ちなみにどれくらい見えるんだ？」

「そうですわね……あそこの岩がぎりぎり見えるくらいですわ」

「岩って……」

それでどうにか、百メートル先くらいに岩っぽいものが見えた。

ジョディが指さした先を見つめた。

目を思いっきり細めた。

「あれ……岩なのか」

「ええ」

まっすぐ指さすジョディ。

うーん分からん。

岩っぽい気もするけど、俺の視力じゃ確信がもてない。

岩が見えないから、代わりにジョディを見た。

「……遠くまで見えるといいんだよな？」

「ええ、そうですわ」

「それって、見えれば見えるほど？」

「悪いということはありませんわ」

「なら……ビルドアップ」

俺は覚えてる百数個の魔法の内、初級強化魔法をジョディにかけた。

魔法の光がぼわぁ……とジョディを包み込む。

「あら、あらあら。あらあらあらあら」

魔法がかかったジョディは、頬に手を添えながらまわりを見回した。

「どうしたのジョディさん」

野犬の首をぶら下げて、戻ってきたアスナがジョディに聞いた。

「より遠くが見えるようになりましたわ」

「遠くが見えるように？」

「例えば、さっきの岩の陰に――ウサギさんが子作りしてますわ」

「見えすぎだろ！」

そもそもこっちには岩かどうかもよく見えてないのに。

「なに？　どういうことなのリアム」

「実は、彼女の目に強化魔法をかけたんだ」

「強化魔法？」

「前にお前が攻撃力強化出来ないかって聞いてきただろ？」

「えっと……ああその事ね。たしか攻撃力あげたら逆に体が保《も》たないって」

「そう。でも視力だけ強化ならそういう問題もないだろ」

「なるほどー」

アスナは納得した。

一方で、ジョディはおもむろに弓に矢をつがえて、引き絞って放った。

山なりに飛んでいった矢は――。

「当りましたわ」

「え？」

「アスナちゃん。申し訳ないけど、ちょっと確認してきてもらえるかしら」

「なにを？」

「まっすぐ行けば分かるわ」

「分かった！」

アスナはパピュン！　と風のごとく駆け出した。

ものすごい勢いで駆けていって、ものすごい勢いで戻ってきた。

「すごかった！」

「なにがだ？」

「あそこの岩、近づくと実は二つの岩がすっごい近くにかさなってるのが分かるんだけど、隙間が拳一個分くらい。その間に矢が挟まってた」

「百メートル先の拳一個分を狙えるのか⁉」

俺は驚いた。

「リアムくんのおかげだわ。昔は出来なかったもの」

「分かる。あたしも野犬を普通に斬ろうって思ったら首ごといっちゃったもんね。リアムのおかげだよ」

「ありがとう、リアムくん」

「ありがとう！」

二人が満面の笑みで俺にお礼を言ってくれた。

うん、悪くない気分だ。

☆

その後、俺達はコツコツと野犬を狩って、その死体をアイテムボックスに入れて、街に戻ってギルドにもってきた。

報告して、報酬をもらおう……としたんだが、戻ってきたギルドはさっきとはうってかわって、ものすごくざわついていた。

物々しい空気で、みんなが慌てている。

「どうしたんだろ……ね、なにがあったの？」

アスナはそばを駆け抜けようとする一人のハンターを捕まえて、聞いた。

するとそのハンターは焦った顔で。

「やりやがったんだよ、ハミルトンのお坊ちゃんが」

「お坊ちゃん？　だれ？」

「長男！　あいつ、封印を解いたあげく盛大に失敗こきやがったんだよ！」

「封印……ってあの？」

「あの！」

ハンターはそう言い捨てて、再び駆け出していった。

封印、そして「あの」。

『今に見ていろ』

今朝、すれ違ったアルブレビトの言葉を思い出した。

どうやら彼は、俺に対抗しようとして、父上が一回失敗した事に手を出して——父上以上に失敗したようだった。

.29

街の南一時間くらいの道のりを進んだ先に、深い森がある。

そこに、アスナとジョディの二人と一緒に駆けつけた。

森はさながら戦場の様だった。

次々と森の中から逃げ出してきたり、担架で運び出されたりする者がいる。

その森の入り口にギルドマスターを見つけた俺は駆け寄った——が。

「あっ」

途中で足が止まった。

地面に置かれている担架の一つに、よく知っている顔を見つけた。

ハミルトン家長男・アルブレビト。

今回の事件の発端となった人間だ。

「兄上……」

「リアム……くっ」

それまで担架に寝かされてて、手当てを受けていたアルブレビトが起き上がろうとする。

肘《ひじ》をついて、震えながら、もがきながら起き上がろうとする。

「何をする兄上」

「こんな……ところで。俺は……ぐわっ！」

起き上がろうとしたアルブレビトは、背後から棒で頭を殴られた。

クリーンヒットしたそれは、アルブレビトの意識を刈り取った。

白目を剥《む》いて、ドサッ、と担架に倒れ込む。

やったのは――。

「マスター」

ギルドマスターだった。

彼は呆れた顔で木の棒をポイッと投げ捨てた。

「街まで送ってやれ。お坊ちゃんの無駄な対抗心にこれ以上付き合ってられん」

マスターが言うと、手当てをしていた者も含めて、数人がかりでアルブレビトの担架を担いで、街の方に向かって駆け出した。

それを見送ったマスターは、ふう、と大きなため息をついた後、俺の方を向いて。

「来てくれたか」

「俺にも責任はあるから」

「その責任は問えないさ。無事終わることが出来れば、愚痴《ぐち》の一つも付き合ってくれれば良い」

「……ああ」

そう言ってくれるのは助かる。

「ねえ、どういう状況なの？　この中に一体何があるの？」

アスナがギルドマスターに聞く。

いつも明るい彼女も、今回ばかりは顔が強《こわ》ばっている。

「この森の中には、魔竜ラードーンが封印されていた。リアムの先祖、ひいおじいさんが封印したモンスターだ」

「魔竜……ドラゴン？」

ギルドマスターは頷き、アスナはますます顔が強ばった。

「封印の方法は分かっている。人員も用意してる」

ギルドマスターは離れた場所をグイ、と親指でさした。

さした先を見ると、二十人くらいの魔術師っぽいのが待機してる。

「あいつらで再封印することは出来る、が、邪魔が入ってて封印にとりかかれない」

「邪魔って?」

「ラードーンジュニア。魔竜の子供だ」

「魔竜の子供……」

「この惨状は全部そいつらのせいだ。びっくりだろ、魔竜じゃなくて、その子供にもこの有様だ」

自分の顔が強ばったのが分かった。

「魔竜はもっと強い、ってことだよな」

「そうだ。まあ、長い間封印されてたんだ。本当の力を取り戻して暴れ出すまで一週間はかかるだろう。その間に封印すれば問題ない——んだがなあ……」

再び、はあ……と大きくため息をついたギルドマスター。

問題は、ラードーンジュニアか。

☆

俺達は森に入った。

戦闘している場所は、悲鳴ですぐに分かった。

到着すると……惨状が俺達を出迎えた。

あっちこっちにハンターが倒れている。

炎に焼かれたり、骨がおれたり、体の一部を噛みちぎられてたり。

まともに戦える人間が一人もいない——それほどの惨状。

そして、後ろの巨大な何かを守る、三体のドラゴン。

これも驚きだ、三体とも、中型犬程度のサイズだ。

「やってみる」

アスナはそう言って、ナイフを構えて飛び出した。

ラードーンジュニアの内の一体が、口を大きく開け放った。

口の奥で、炎が渦巻く。

その炎の色が、あらゆる不吉を孕《はら》んだような黒色だった。

「よけろアスナ!」

「——っ!」

俺の叫びに反応して、アスナは途中から回避した。

ラードーンジュニアはそれを追いかけて——黒い炎を吐いた。

「くっ!」

アスナは更に加速した——思いっきり逃げた。

どうにか黒い炎を振り切った。

その炎はアスナがよけた先の木をのみ込み、一瞬で黒焦げにした。

「な、なにこれ」

「凄《すさ》まじい炎だわ」

アスナもジョディも絶句した。

俺は拳を突き出し、魔法を放った。

マジックミサイル・七連。

詠唱無しで放てる最高の数だ。

七発の魔力弾が一斉に飛んでいった。

ラードーンジュニアの一体が口を開いた。

マジックミサイルに向かって咆哮した。

瞬間、マジックミサイルがはじけ飛んだ。

七発のマジックミサイルが、たかが咆哮によってかき消された。

「だめだこれ、かなわないよ」

「ここは逃げましょう、リアムくん」

戻ってきたアスナも含めて、彼女達は一瞬ですっかり逃げ腰になった。

無理もない。

想像を遥かに超える強さだ、目の前のラードーンジュニアは。

それが三体もいる、どう考えても勝ち目はない。

と思っていたら、三体が一斉に飛びかかってきた！

「来た！」

「ジョディを連れて離れろ！」

「えっ……うん！」

アスナはジョディをかっさらうような感じで、【スピードスター】を発揮して逃げた。

速度だけなら、アスナはラードーンジュニアにも負けていない。

俺はアイテムボックスを呼び出した。

その中からあるものを取り出すとともに——詠唱。

「アメリア・エミリア・クラウディア——でろ！　アナザーワールド！」

詠唱した分、どうにか発動出来た。

アナザーワールド。

別世界の空間の扉が俺の前に現われる。

ラードーンジュニアとの間に現われる。

飛びかかってきたラードーンジュニアはそのまま中に飛び込んだ。

「——解除！」

魔導書をアイテムボックスの中に放り込んだ——俺の手からはなした。

まだ完全に習得していないアナザーワールド。

魔導書がなければ発動しない。

何より、発動する度に中のものが完全消滅する。

術者の俺が中にいないから——消滅した。

「……はあ……まあ」

汗が一気に噴きだした。

今の一瞬で、軽く死んだような気がする。

だけど――。

「ら、ラードーンジュニアが……？」

振り向くと、ギルドマスターが絶句していた。

「今だ！　はやく封印を」

「あ、ああ！」

ギルドマスターは慌てて、森の外で待機させている封印の魔導師達を呼び込んだ。

魔導師達が入ってきて、動かないラードーンを封印する。

それを尻目に、ギルドマスターがこっちにやってきた。

「たおしたのか？」

「なんとか」

アナザーワールドの特性をどうにか上手く利用出来た、紙一重だった。

「す、すごい……ラードーンジュニアを単独で倒したの初めて見た。しかも三体も……」

ギルドマスターは、感動してる目で俺を見つめた。

.30

「これが魔竜、か」

全て終わった後、封印部隊がやってきて、集団で封印を再構築している中、俺は魔竜を見あげていた。

ラードーンジュニアとほぼ同じフォルムだが、ものすごく巨大だ。

寝そべってる状態でも、高さは五メートルはある。

起き上がるとその倍はあるだろう。

顔は――やっぱりラードーンジュニアと同じだけど、あっちはものすごく強かったが、見た目的には子犬的な愛嬌がなんだかんだであったのに対して、こっちは「威厳」をこれでもかってくらいだしている。

「リアム！」

「リアムくん」

アスナとジョディが戻ってきた。

二人に振り向く。

「二人とも、大丈夫だったか」

「うん、なんとか。全力で逃げたのに追いつかれそうになったのはぞっとしたよ」

「ごめんなさいね、アスナちゃん。私を抱えてなかったらもっと早く逃げられたでしょう」

「それは言いっこなし――なのはどうでもいいのよ。それよりもリアム、今のなに？　やっぱり魔法？」

「ああ」

俺は頷く。

まだ完全にマスターしてないから、彼女達にも言ってなかったアナザーワールド。

それを説明した。

「魔法で空間を作り出すんだ。空間には生物が入る事が出来る、どこからでも出入り出来る土地――みたいなものだと思えばいい」

「よく分からないけど、なんかすごいね」

「その空間に、ドラゴンを閉じ込めたって事ですか？」

「いや」

俺はジョディの質問に首を振った。

「まだ完全にマスターしてないんだ」

そう言い、魔導書を取り出して見せる。

「そういえば、さっきもそれを持ってて魔法を使ってた」

「そう、完全にマスターしてないと、中に入ってるものは取り出さないとその都度《つど》消滅する。今のままじゃ家具も置けないって思ってたんだけど……」

「ひらめいたのね、あの一瞬で」

俺は小さく頷いた。

そう、あの一瞬ひらめいた。

手持ちのどの攻撃魔法も効きそうにはなかった。

だからとっさに、やり直せば中身が完全に消滅するアナザーワールドを使った。

「はえ……すっごい。攻撃魔法じゃないのにそんな風に使っちゃうなんて」

アスナがものすごく感心した。

その反応を見て、俺はちょっと迷ってきた。

魔法を、完全にマスターする前に毎日の練習をやめてしまうと、発動するまでの時間が延びる

——つまり戻る。

マスターするまで遠ざかるってことだ。

一旦マスターしてしまえばその心配はなくなるが、途中でやめてしまうとそれまでの努力が徐々に失われていく。

アナザーワールドは、今のままにして、攻撃手段として取っておいた方が良いんじゃないか、って思った。

そんな風に迷っていると。

『人間よ……小さきものよ……』

声が聞こえた。

ずしりと、プレッシャーが全身にのしかかってきた。

まわりを見る、アスナもジョディも――いやそれだけじゃない。

ギルドマスターや封印部隊、この場にとどまって応急処置をしている負傷したハンター達も。

全員が、そのプレッシャーを感じているようで、顔が強ばっていた。

何の声だ――って思ってまわりを見ると。

「――っ!」

巨体の魔竜と目があった。

『大きな魂を持つ、小さな人間よ』

「……俺?」

完全に俺と目があっていた。

話しかけられている――と気づいて生唾をのんだ。

「俺に話しかけているのはあんたか、魔竜?」

「「えっ!?」」

まわりの人達が一斉に驚いた。

俺と、魔竜を交互に見比べた。

『魔竜……今の人間はそう私を呼んでいるのだな』

会話が成立した。

おー、という感嘆の声と、ざわざわ、という声がない交ぜになった。

「魔竜じゃないって言うのか」

『人間の尺度などいちいち気にもせぬ。数百年も経てばまた違う呼び方をされるだろう』

魔竜――ラードーンの声は、全てを悟ったような声色だった。

なんとなく……目の前にいる竜は「魔竜」なんてよりも遥かに大きな存在だと思った。

「俺に話しかけて来たのはなんでだ？　封印をやめて欲しいのか？」

『大きな魂の人間よ。そなたは何者だ』

「俺？　ただの人間だけど――」

『それにしては魂と肉体が釣り合っておらぬ』

「……」

俺は口を閉ざした。

まさか……俺がこの肉体に乗り移った大人だってことが分かるというのか？

なら、その原因も？

『なるほど……残念だが、私には原因までは分からぬ』

「――っ⁉」

心を……読まれた？

『ふむ……どうやら、面白い人生になるようだな。大きな魂の人間よ』

「面白い人生」

『私を連れて行く気はないか？　そなたの人生を見させて欲しい』

「あんたを？」

俺は驚いたし、まわりの人間も驚いた。

ざわつきが、大きくなった。

『何もせぬ、それどころか力を貸してやろう』

「力を？」

『そなたが努力で築き上げた土台に上乗せする程度の力だ……常に倍の魔力は出る、と言えば分かりやすいか』

「――!?」

それはすごく魅力的だった。

俺が頑張って力を伸ばせば伸ばすほど、伸びた分が倍になる。

やりがいは……ものすごく感じた。

俺はラードーンを見つめた。

どうするべきかを考えた――が。

直感を信じることにした。

「分かった、力を貸してくれ」

『ほう、よいのか』

「あんたからは敵意を感じない――師匠に似てる」

『ふっ、そうか。なら――その大きな魂、少し間借りするぞ』

次の瞬間、ラードーンの巨体が光った。

「うわっ！」

「な、なに⁉」

「封印隊！　持ち場を離れるな！」

その場にいる全員が慌てた。

光は数秒間続き、何事もなく収まった。

徐々に視力が戻ってくる中、全員が見えた。

ラードーンの体が薄くなっていき、それが俺の体に吸い込まれていくような、そんな不思議な光景を。

ラードーンは消えて、その場にいる者達がポカーンとなった。

「リアム！　手！　手を見て！」

アスナが声を張り上げる、俺は自分の手を見た。

右手の甲に、まるで竜をかたどったような紋章が出現した。

その場にいる人間達が、それを見てざわつく。

「すごい……魔竜を……取り込んだというのか？」

つぶやくギルドマスター、その目には驚嘆の色があった。

.31

魔竜……いやラードーン。

その力を取り込んだ、という実感が徐々に湧いてきた。

俺は空に向かって、拳を突き出す。

「マジックミサイル」

つぶやくと、拳の少し先から、一一本のマジックミサイルが一斉に飛び出して、花火のように空に向かって飛んでいった。

無詠唱で一一本——なら。

今度はしっかりと詠唱を交えて、魔力を高めてからの、マジックミサイル。

一三——いや一七か。

一気に六本もふえたマジックミサイルが同じように空に向かって飛んでいった。

ラードーンの強い力を感じる。

そしてそれは……完全に制御出来る。

自分の力として制御出来ている。

ラードーンの言葉を思い出す。

『そなたが努力で築き上げた土台に上乗せする程度の力だ……常に倍の魔力は出る、と言えば分かりやすいか』

それをかみ砕いて、理解を試みる。

多分だけど……努力の結果が倍になる、って事だろう。

まあ、それはおいおい。

これからも憧れの魔法を鍛錬し続けていくんだ。

どうなのかは、すぐに分かるだろう。

さて、これで魔竜騒ぎは解決した。

帰ろう——

「あれ？」

まわりを見る、みんなの様子がおかしかった。

ギルドマスターも、封印の魔導師達も、負傷しているハンター達も。

全員、怯《おび》えた表情で俺を見ていた。

立っていられた者は膝ががくがくと震え、尻餅をついている者達は顔を青ざめさせて後ずさりしている。

ギルドマスターも例外ではなく、カチカチと歯の根が合わなくなって震えていた。

「どうしたんだ？」

「リアムが魔法を撃った後からこうなった」

「アスナ……それにジョディ。お前達は大丈夫なのか」

「うん」

「平気だわ」

アスナとジョディの二人だけがけろっとしている。

強がりって感じではなく、本当に平気って感じだ。

何が起きてるんだ？

(ひっこめろ)

「え？」

空耳のような声が聞こえた。

それがラードーンの声と同じだということを、一呼吸遅れて気づいた。

「ラードーンか？　引っ込めろってどういうことなんだ？」

「あっ」

今度はアスナが声を上げた。

「どうしたんだ？」

「勘違いかもしれないけど、リアムから出てる力が強くなってる」

「……本当ね、大分強くなっているわ」

「俺から出てる力」

「うん。ジョディさんも感じる？」

「ええ……魔力がダダ漏れ……とでもいうのかしら」

「魔力がダダ漏れ……」

二人が感じた事、それとさっき聞こえた声を合わせて考えた。

俺は、魔力を引っ込めるイメージをした。

魔法を行使するために放出した魔力、それがまわりに漂っているというイメージをして……それを吸い込む。

「あっ……」

誰かが声を漏らした。

それを皮切りに、まわりの人達が一人また一人と、ほっと胸をなで下ろしていった。

「ラードーンの力のせい、か」

「みたいだね」

「でもどうして二人だけ大丈夫だったんだ？」

「私達が、リアムくんの使い魔だったからじゃないかしら」

「ラードーンジュニアってことか」

なるほどと俺は頷き、納得した。

そこに、落ち着いたギルドマスターが話しかけてきた。

「さすが魔竜の力、存在するだけで、ここにいる全員が死を覚悟したほどだ」

「そんなにひどかったのか」

「ああ」

深く頷くギルドマスター。

「それを完全に制御している、さすが、という感想以外出てこない」

完全に制御しているって訳じゃないけど、彼らが怖がっている「魔竜」としての振る舞いは多分このさきないから、勘違いは勘違いのままにしておくか、と思った。

「数十年間ここにあり続けた魔竜の脅威を取り払ってくれて、感謝する」

「いや、こっちこそ。力がダダ漏れで迷惑をかけた――」

迷惑をかけた。

その言葉を口にした瞬間、他のハンター達、そして封印の魔術師達の姿が目に入った。

特に負傷したハンター達だ。

迷惑をかけたという意味なら、彼らに一番迷惑がかかっている。

アルブレビトの無駄な暴走でこうなった。

俺は少し考えて、アイテムボックスを出した。

ふたを開けて、あの後回収して再びアイテムボックスの中に入れた砂金から、一〇キロ分取り出した。

地面に積み上げられる、黄金色の砂山。

「こ、これは?」

「ハミルトン家が迷惑をかけた。黄金で、一〇キロ分ある。それを迷惑料として受け取って欲しい」

「あっ……」

「分配を頼めるかな。もちろん負傷者は多く、復帰が長引きそうな人優先で」

「……いやはや」

分配を頼んだギルドマスターは、口を大きく開けるほど驚いたあと、感心した顔に切り替わってきた。

「どうしたんだ？」

「アルブレビトではなくあなたがハミルトン家の当主だったら――いや、これを言ってしまうと色々問題が生じるな」

ほとんど言ったも同然だが、ギルドマスターは言いかけ、言ってないというていをとった。

「あなたに責任なんてないだろうに……それでもすぐにハンター達の事を慮《おもんぱか》ってくれた」

「とは言え原因は俺だから」

アルブレビトの暴走の原因、間違いなく俺だからなぁ。

「原因であっても、責任はない。それでも気にかけてくれた。こうしてものすごい額をあなたはポンと出してくれた」

ギルドマスターは感動した目になった。

気づけば、俺の事を「あなた」とよんでいる。

「日々危険の中で過ごしているハンターにとって、上がアホだと更に命がけだ。本当に……あなたなら……」

今度はしっかりと、その先の言葉をのみ込んで言わなかった。

しかし、その表情がすべてを物語っていた。

そして他のハンターや魔術師達も同じような顔をしている。

――あなたがボスだったら。

そう、感動の目で、俺を見つめていた。

.32

帰宅した俺は、リビングで父上と対面していた。

書斎ではないのは、今や俺が父上と同格の存在――貴族同士だというのが影響した。

男爵家の当主ともなれば、たとえ実子でも、主従関係が強調される立ち位置になってしまう書斎は使えない。

家の主人と来客――という形になるリビングを使った。

その父上は、ものすごく複雑な表情で俺を見つめている。

それもそのはず、ラードーンの一件は父上にとっても苦い想い出であるからだ。

父上が失敗して諦めて、アルブレビトが暴走してやらかして。

それを、別の家の人間である俺が解決してしまった。

複雑な想いを抱かないはずがない。

「よくやった……いや、礼を言う」

「ああ……」

「あのままではこの地が大変な事になっていた、アルブレビトの――尻拭いをしてくれて、礼を言う」

最後らへんは小声になっていた。

言いにくそうだが、言わなきゃいけない、って感じを受けた。

なんというか、貴族の「難しさ」を垣間《かいま》見た気がした。

「気にしないで下さい。放っておけない事態でしたから」

「そうか」

「それで……兄上はどうなるのです？」

「ああ」

父上は頷いた。

こっちは話が簡単だ、と言わんばかりにスルッと答えた。

「アルブレビトはしばらく謹慎させる。場合によっては……いや、とにかく謹慎だ」

「そうですか」

俺はそれ以上追及しなかった。

これを聞いたのは、街に戻ってくる途中、ギルドマスターから「最悪廃嫡《はいちゃく》もあるかもしれない」

って聞いたからだ。

だからそれを尋ねてみた。

今すぐにというわけではないが、その可能性もある。

貴族の長男の、廃嫡。

アルブレビトのやらかしがそれほど重いものだと改めて思い知った。

アルブレビトの話を挟んだのがよかったのか、父上はすこしだけ表情がやわらかくなって、普通に話してきた。

「ジェイムズ殿もまだこの街に滞在なさっておる。この話もいずれ『中央』に伝わる。誰かが表彰に来るだろう」

「表彰ですか？」

「魔竜の討伐だ、そうなるだろう」

父上も、そしてアルブレビトも功績のために狙ったラードーン討伐だ。

その脅威を取り除いたのだから、表彰される。

俺はなるほど、と頷いたのだった。

☆

この日の夜、俺は夢を見た。

朝に起きた後もはっきりと覚えているような、不思議な夢。

夢の中で、俺は新しい魔法の練習をしていた。

使っているのは、魔導書ではない。

そして、指輪のマジックペディアでもない。

俺の右手だ。

右手の甲にある、ドラゴンをあしらった紋章。

それを使って、俺は魔法の練習をしていた。

起床してからしばらく経っても、それははっきりと覚えていた。

夢は普通すぐに忘れてしまうものなのに。

ベッドの上で、紋章をしばらくの間じっと見つめ続けた。

そして、おそるおそる、マジックペディアにする感じで、紋章を「使って」みた。

すると、二つの魔法の情報が頭に流れ込んできた。

マジックペディアと同じだ。

これは本物だ、と、俺はベッドから飛び降りて、さっさと着替えて朝飯も食べずに、林に駆け込んだ。

魔法の練習をしている、いつもの林。

いつもの場所にやってきて、魔法を練習した。

まずは二つある内の片方だ。

今までの魔法練習と同じように、魔力の使い方とかその他いろいろを、その通りにやった。

発動はしない、だけど分かる。

やり方はあってる、このまま繰り返していけば良い。

アナザーワールドの時と一緒だ。

そして、アナザーワールドと同等か、もうちょっと難しい感じだ。

つまり時間がかかると言うこと。

最初の発動も、完全にマスターするまでも。

まあ、そんな事は問題じゃない。

時間をかけて、繰り返しやっていけば身につくのなら、今までと何も変わらない。

俺は、その魔法の練習を続けた。

途中で、紋章が俺の手についてるから、魔導書や指輪と違っていつでも持ってる状態だから、マスターは発動時間の長さだけかもしれない、と気づいた。

そんな事を思いながら、とにかく練習を続けた。

昼になって、日がおちて、朝日が昇る。

今まで通り、集中して、のめり込んで練習した。

そして、次の日の昼。

魔法は、発動した。

今まで見た事の無いような、神々しい光の後に、一匹の小さなドラゴンが召喚された。

あの森で戦った、ラードーンジュニア。

下級ドラゴン・ラードーンジュニアの召喚魔法だ。

呼び出したラードーンは、そのサイズもあって、中型犬的な可愛さのまま、俺の前にちょこんと座っている。

戦った時の強さを思い出す。

ラードーンジュニア召喚、マスターすればすごい戦力になりそうだ。

「神聖魔法……だと？」

「え？」

いきなり人の声がして、びっくりして振り向いた。

そこに、スカーレットがいた。

第一王女スカーレット・シェリー・ジャミール。

何故か彼女がそこにいた。

「王女様……？」

「本当に、神聖魔法なのか？」

「え？」

「今の魔法だ」

「はあ……神聖、魔法？」

何の事か分からなかった、が。

(人間はそのように呼ぶらしい)

頭の中からラードーンの声が聞こえてきた。

なるほどそうなのか。

「そうらしいけど、どうしたんだ？」

「信じられん……、神聖魔法の使い手がいるなんて。しかもこんな幼い子供が」

「えっと……？」

神聖魔法って、そんなにすごいものなのか？

スカーレット姫が、こんなにびっくりするなんて。

後から知った事だが、魔法の才能が百人に一人、氷の魔法が千人に一人——というのと同じように。神聖魔法というのは、

『世界に一人いるかどうか』

という、とんでもない希少なものらしかった。

.33

「その神聖魔法で魔竜を討伐したのか？」

「いや、そういうわけじゃないけど……」

どう答えるべきか迷った結果、話を逸らすことにした。

「それよりもひめ——王女殿下。ここへはどうして？」

「ハミルトン卿——ああ、そなたも今はハミルトン卿だったな」

スカーレット王女はクスッと笑った。

呼び名の「卿」は、王族が貴族を呼ぶ時に使われる。

それくらい、中身が平民の俺でも分かる。

演劇でそういうのをよく見る。

今や俺も男爵、父上と同じで「ハミルトン卿」なのだ。

「そなたの父に伝言を頼んだであろう？」

「あ、そういえば来るって」

「うむ」

「えっと……それで、用事は？」

「まずは、勲章だ。魔竜討伐の功績は大きい、かといって領地も持たない少年に男爵以上をすぐに授けるのは老人どもがうるさい。しきたりだとかなんとかな」

「はあ……」

結構、複雑なルールがあるみたいだ。

「というわけで、まずは勲章を授けることにした。私の一存で勲三等鳳凰章をやれる」

「勲章、ですか」

いまいちありがたみが分からない俺はちょっと戸惑った。

「受け取れ。魔竜を討伐したという事実で民を安心させるには、討伐の英雄の存在がセットで必要だ」

「あっ……なるほど」

それは分かる。

貴族の五男――この肉体に乗り移るまでに住んでた近くに一度、モンスターが出たことがあった。

しばらくの間村中それに怯えてたけど、ある日退治されたって噂が流れた。

最初は信じられなかったが、俺でも名前を知っている有名なハンターがやったって聞いて、安心した記憶がある。

うん、スカーレット王女の言うとおりだ。

討伐には、討伐した人の存在が必要だ。

「これも貴族の務め、ですね」

民を安心させるという結構重要な仕事だ。

「そういう風に考えられるのはきらいではないぞ」

「えっと、ありがとう」

なんか今のでも褒められた。

「次に、話を聞きたい。どうやって魔竜を討伐したのだ」

「どうやって?」

「場合によっては英雄譚《えいゆうたん》に仕立てる必要がある」

「あっ……」

それも分かる。

退治した時のエピソードが詳しければ詳しいほど、人々は安心するものだ。

スカーレット王女の言い分はすごくよく分かった。

俺は気を引き締めて、ラードーンの一件の話をした。

森に駆けつけて、三体のラードーンジュニアと対峙《たいじ》する。

ラードーンの子で中型犬サイズの三体に苦しめられて、まわりもほぼ全滅している中、とっさにアナザーワールドを使ってラードーンジュニアを倒した。

途中までは、スカーレット王女は真顔で、固唾をのんで俺の説明を聞いた。

しかし、ラードーンが俺に「入った」と言うのを聞いたあたりから表情が変わっていった。

最後まで話すと、スカーレット王女は最初とは違う意味で顔を強ばらせていた。

「あの魔竜が人間に協力を……？　しかも神聖魔法？」

「えっと、はい」

「そんな馬鹿な……いやしかし、今のは間違いなく神聖魔法。となると……常識が間違っていた……？」

信じられない、って顔をするスカーレット王女。

彼女はしばらく深刻な表情で考え込んだ後、その表情のまま俺を見つめて。

「魔竜――いや、その……ラードーン？　の力を、完全に制御出来ているのか？」

「制御っていうか……普通にしてるけど……」

予期しないタイミングで話しかけてくる事はあるけど、今のところ、俺の中で静かに過ごしているつもりのようだ。

そこは、何となく分かる。

証拠を見せろって言われると困ってしまう、本当になんとなくってレベルだけど。

ラードーンは、俺が追い出さない限り俺の中に居続ける。

そう、感じている。

俺の答えを聞いて、スカーレット王女はまたしばし俺をじっと見つめてから。

「その話、しばらくの間黙っていてくれ」

「黙ってる？」

「誰にも話すな」

「わ、分かった」

スカーレット王女の剣幕におしきられた。

元々誰かに話す気はないから、俺は戸惑いつつも、スカーレット王女の「命令」を受け入れた。

☆

次の日、屋敷の玄関ホール。

スカーレット王女の部下が、大きな箱を三つ持ってきた。

長方形で、上がドーム状になっていて、パカッと開くことが出来る。

いわゆる宝箱という感じの箱だ。

それが三つ。

持ってきた人間は、全部を一斉にパカッと開けた。

「き、金貨だわ」

「こんなにたくさん……」

「何百……いいえ、何千枚あるの？」

一緒に出迎えた、屋敷のメイド達がざわついた。

俺も内心、動揺していた。

「これは……？」

金貨を運んできた、スカーレット王女の部下の、その隊長らしき男に聞く。

「殿下からのご下賜である。魔竜討伐を称《たた》えてのご褒美である」

「魔竜討伐!?」

「なるほど……」

「そんなに多くの褒美がもらえるすごいことだったの……」

メイド達は、納得する者もいれば、驚く者もいる。

「……ああ」

一方の俺は、違う意味で納得した、そしてびっくりしていた。

褒美は、もうもらっている。

昨日王女から直接、勲章をくれるって言われていた。

なのにこの三〇〇〇枚の金貨。

口止め、という言葉が普通に頭に浮かび上がってきた。

昨日、去り際に「絶対に誰にも言うな」って念押しされた。

あれの口止め料だ。

金貨三〇〇〇枚分の口止め料。

その気になれば屋敷が一つ建つほどの額。

この額が、事態の大きさと――

今の俺という人間の重要性を物語っていると、感じたのだった。

.34

その日の午後、俺はジェイムズに呼び出された。

ジェイムズのゲストハウス《屋敷》にやってきた俺は、前と同じ部屋で老人と向き合った。

「本当に神聖魔法を使えるようになったのか」

ジェイムズは開口一番、その事をたずねてきた。

俺はまよった。

今、スカーレット王女に口止めされている状態だ。

どこまで話して良いのか……。

「王女殿下は若すぎますな」

「え？」

「あんな多額の金銭を王女殿下からいきなり渡すなど、まわりに邪推してくれと言わんばかりのものだ」

「魔竜討伐はそんなにもらえないのか？」

「額もそうだが、殿下が払う義理ではない。特にあの竜は討伐すれば貴族延長級の功績ということになっている。ならば陛下に報告し、陛下自ら表彰されるのが筋というもの」

「あっ……」

「それを殿下が、王都に帰るよりも前に自分で。貴族をよく知る者は勘ぐらざるをえぬよ」

な、なるほど。

言われてみれば、父上もアルブレビトもこれを功績にしようとした。

確かに、国王を通さないでいきなりの多額な褒美は勘ぐられても仕方がない。

もう黙ってる理由もないので、俺は答えた。

「はい、いくつか神聖魔法を覚えました」

「見せてもらえるか？」

「分かりました」

俺は手の甲にある紋章を掲げた。

その紋章を魔導書がわりに、魔法を使う。

詠唱して、魔力を高めて、ラードーンの魔力も含めて。

五分くらいで、発動した。

初級神聖魔法オールクリア。

ラードーンジュニアを召喚した時に、スカーレット王女が驚いたのと同じ光が放たれた。

それを見たジェイムズは「ほう……」と感嘆した。

「それはどういう魔法だ？」

「オールクリアっていう。医学的に『状態異常』とされるものをすべて消し去る」

「状態異常……石化や毒といったものか」

「うん」

「全部？」

「全部」

「……凄まじいな。神聖魔法が神の御業《みわざ》……と言われるだけのことはある」

そうつぶやき、ますます感嘆するジェイムズ。

神の御業を再現した、っていう評価がすごすぎて正直ピンとこない。

「それに……なるほど」

更に俺を見て、なにやら納得している。

「時に、そなたは三竜戦争という話を知っているか？」

「三竜戦争……？　いえ」

「かつて三頭の竜が争った。どれも天変地異を起こせるほどの力をもった竜だ」

「はあ」

「その内の一頭が他の二頭を打ち負かして勝利した、神の御業とされる、神聖魔法を用いたのが決め手だったと言い伝わっておる」

「神聖魔法で？」

「そして、その竜は人間と交わり、人間は神聖魔法を使い王国を建国した。それが我が国だ」

「はあ……なるほど」

何となくピンとこなかった。

そういう伝説は昔話として色々聞いたことがある。

「ピンとこぬか」

「あっ、はい」

「まあ、そうだろうな。三頭の竜が戦って、生き残った一頭と人間が交わって建国した……おとぎ話も良いところだ」

「はい」

「時に、そなたは竜と人間が交わった——と聞いて何が思い浮かぶ」

「そりゃ……王道の、夫婦になって子供を作って、です」

「うむ、普通はそうだ。そして昨日まで、伝説を聞いた人間は一〇〇人中一〇〇人がそう思っていた」

「はい……昨日まで？」

なにがあったんだ？

「それだよ」

ジェイムズは俺の手の甲を指した。

「これ？」

「そなたも、竜と交わった、のではないのか？」

「あ……」

そうか、そういう言い方も出来るんだ。

ラードーンは、俺の体の中に入った。

一つになって——合体？　した。

それを交わったという言い方も出来る。

そして、交わった結果の俺は、神聖魔法を使えるようになった（厳密には今から数ヶ月～一年は練習するけど）。

つまり……。

「そなたは今、我が国の伝説を再現しているようなものだ」

「な、なるほど」

「そして、その魔竜とされているものが、我が国の建国に携わった建国者——いや最悪祖先と言っていいかもしれない」

「祖先を……魔竜として封印した……？」

ジェイムズは小さく頷いた。

予想以上に事が大きくなってしまってる。

「ここからさき、危惧《きぐ》される事は二つ。一つはハミルトン家――そなたの父の方だ、そっちの取り潰《つぶ》し」

「そっか……功績がそもそも功績じゃなかった」

ジェイムズは頷く。

「まあそっちは大した話ではない。問題はもう一つ」

「な、なんだ？」

「竜が怒り、国に復讐を考える事だ」

「あっ……そっか。協力したのに無実の罪で閉じ込めたようなものだから」

「そういうことだ」

ジェイムズはそう言って、俺をじっと見つめた。

なんでそんなに見つめられるのかしばらく分からなかった。

数十秒考えた後、分かった。

俺に、ラードーンが怒っているのかどうかと確認しているのだ。

俺は自分の中に意識を向けた。

ラードーンは返事してこなかった、が、感情だけは伝わってきた。

怒っていない――そもそもなんとも思っていない。

俺は、ラードーンの言葉を思い出した。

「『人間の尺度などいちいち気にもせぬ。数百年も経てばまた違う呼び方をされるだろう』」

「うむ？」

「ラードーンが――竜が俺に話した言葉です」

「なるほど」

「それよりも俺の人生に興味をもっているようでした」

「ふむ……」

ジェイムズは俺をじっと見つめたあと、ふっ、と笑った。

「つまり、そなたは王国の救世主だった。国は知らない間にそなたによって救われた、というわけだな」

「え？」

そういうことに……なるのか？

「その功績は、今までのどんなものよりも大きいぞ」

ジェイムズは笑っていたが。

その目は、すごく本気だった。

.35

「功績……」

「これから大変になるぞ」

そう言って、ジェイムズはにやりと笑った。

☆

ジェイムズの屋敷を出た後、俺はギルドに向かった。

アスナとジョディに合流して、今日も一仕事行って来ようと思っている。

ちなみに、ジェイムズと話している間も、今この瞬間移動している時も。

俺はラードーンジュニアの召喚を続けていた。

これまでは馬鹿正直に、仕事を始めて、必要になった時から使っていたが、よくよく考えれば発動時間の長いものはあらかじめ始めておいていい。

発動した時に必要なければどっかに空撃ちしてもいいし、こうすることで移動中も魔法の練習になる。

今は召喚の中で一番戦力になるし、一番時間がかかるラードーンジュニアでそれをやっていた。

そうしながらハンターギルドにやってくると、ガチャリ、と扉が開いた。

「あっ、リアム」

「リアムくん」

中からアスナとジョディが現われた。

「二人そろってどっかに行くのか――」

「こっち来て」

「ではみなさん、話は伝えますから」

アスナは俺の手を引いて歩き出した。

ジョディはその場に一度とどまって、二人を追って出てきた十数人のハンターらしき相手にペコリと頭を下げてから、俺達を追いかけてきた。

ギルドの中で合流する予定だったのが、いきなり連れ出されてギルドから離れていく。

「どうしたんだいきなり。あの人達は？」

「パーティー申請」

「パーティー申請？」

「リアムくんが魔竜を討伐したって聞いて、これからは一緒に、って言ってきた人達だわ」

「ええ？」

アスナに手を引かれて進みながら、ちらっと振り向く。

扉の辺りで一度ジョディが食い止めたのにもかかわらず、何人かはさらに諦めきれずに追っかけてきそうな雰囲気があった。

その人達を振り切って、角を曲がって繁華街に入ったところで、アスナは手を放してくれた。

「ふう、ここまで来れば平気かな」

「ふふ、リアムくん、大人気ね」

「はい、これリスト」

アスナはそう言って、四つ折りにした小さなメモを差し出してきた。

受け取って、開く。

人の名前と、得意な戦闘スタイルが書かれていた。

「これは？」

「さっきの人達のリストだよ」

「さっきの人達」

「目がもう欲まみれでまともに話が出来そうにないから一旦引き離したけど、こういうの、リアムが決める事だからさ」

アスナはけろっと言った。

「このパーティーの主はリアムくんですものね」

「そっか……二人ともありがとう」

「さ、とりあえず今日も仕事仕事」

「ええ、頑張りましょう」

気を取り直して、って感じの二人。

俺は渡されたメモを見る。

二十人近いハンターのリスト。全部、俺のパーティーに入ろうと言ってきてる人達。

こんなにモテたの……生まれて初めてだ。

☆

街道に出没した危険な野獣を何頭も討伐した後、アスナとジョディと別れて、屋敷に戻る。

屋敷に戻ってきて、アスナからもらったメモを眺める。

パーティーの参加の申し込み。

これに応えるべきか——って事で、各人の簡単なプロフィールを眺めていた。

「あっ！　お帰りなさいませお坊ちゃま」

玄関ホールに上がると、すぐに一人のメイドが駆け寄ってきた。

「どうした、そんなに慌てて」

「お坊ちゃまにお届け物が殺到してます」

「お届け物？」

「こちらです」

メイドに連れられて、一つの部屋に入った。

部屋の中はサロンの造りになっていて、その中央にあるローテーブルの上に、何かが積み上げられていた。

「あれは？」

「旦那様が、ひとまずここに集めるようにと」

「父上が……？　それはいいけど、なんなんだ？」

「お見合いの申し込みでございます」

「お見合い？」

俺は盛大にびっくりした。

ローテーブルに近づき、積み上げられているもの——何かのファイルになっているそれを一つ手に取って、開いてみた。

冒頭に「家」のプロフィールがあって、その後に女の子のプロフィールが続く。

今開いているのはサンチェス公爵家のもので、女の子は次女で名前はアイナという名前だった。

他も開く、これも公爵家で、今度は三女のエリカだった。

次々と開いてみる、ほとんどが公爵とか侯爵の家からのお見合いの申し込みだ。

「なんだってこんな……」

「ちょっと出遅れたか」

「——っ！　ブルーノ兄さん！」

いきなり背後から男の人の声がして振り向くと、そこにブルーノの姿があった。

別の貴族の家に婿入りしたブルーノ、それが何故か現われていた。

「どうしたんだ兄さん」

「使いっ走りさ」

ブルーノは積み上げられてるものと同じファイルを取り出して、俺に手渡した。

そのままソファーに座って、メイドに飲み物を持ってこいと命じる。

メイドが慌てて部屋の外に出た。

俺はファイルを開いた。

これも公爵家からのものだった。

「あっちの家の、上の方からの命令でな。お前の兄って事で、届けて、うまく言いくるめてこいって言われた」

「なるほど……」

「おまえ、何した」

「え？」

俺はどきっとした。

「えっと、魔竜を討伐しただけだけど」

「いいや、それだけじゃねえ」

ブルーノは瞬時に否定した。

「俺に命令を下した上の方はな、詳しい事は何も教えてくれなかった」

「え？」

「詳しい事は何も言えないが、お前とはお近づきになりたい。しかも――」

ブルーノは他のお見合いファイルをぱらぱら開く。

「見た所ほとんどが位の高くて、どいつもこいつも有能で鳴らしてる貴族ばっかだ。全員、何かに気づいて集まってきたとしか思えない」

「あっ……」

俺はハッとした。

ジェイムズの言葉を思い出した。

『あんな多額の金銭を王女殿下からいきなり渡すなど、まわりに邪推してくれと言わんばかりのものだ』

『それを殿下が、王都に帰るよりも前に自分で。貴族をよく知る者は勘ぐらざるをえぬよ』

ブルーノの言う、有能で鳴らした貴族達が早速勘ぐったわけだ。

「ん？　おい、何か落としたぞ」

「え？」

ブルーノの視線を追いかける。

俺の足元にメモが落ちていた。

拾い上げる。アスナからもらった、パーティー申し込みのメモだ。

「あぁ……」

この人達はなにも知らない。魔竜討伐をやったってことで、俺に近づいてきた。

貴族達も詳しい事は知らない。スカーレット王女のやったことからより正しい真実を推測して、俺に近づいてきた。

真実を知ってる者も、知らない者もやってきた。

俺のパーティーに入ろうとしたり、妻になろうとしたり。

こんなにモテたのは、生まれて初めてのことだ。

.36

「アナザーワールド」

林の中で、魔法を使う。

現われた別世界に繋がる扉をくぐって、中に入る。

そこには一枚のジャミール銀貨があった。

拾い上げて、見つめる。

インクでつけた印があった。

一分くらい前に、同じようにアナザーワールドを開いて、置いてきたジャミール銀貨そのものだ。

二回のアナザーワールド、中に置いたものが、そのまま残っている。

「やっと、マスターしたか」

俺は嬉しくなった。

ここ数ヶ月、一〇〇回近く味わってきた達成感だが、いつ味わってもいいものだ。

それが憧れの魔法をマスターする、という事ならなおさらだ。

俺は銀貨をじっと見つめた。

アナザーワールド、マスターしていない状態では、中に入ってるものは新しくアナザーワールドを使う度に消滅する。

マスターすれば、逆に中に置いたものがそのままいつまでも残る。

これでようやく、アナザーワールドをもっと活用出来る。

俺が思っている通りの使い方が出来そうだ。

マスターした瞬間、縦横共に二〇メートルくらいに広がった空間の中を、ぐるっと一周して、空間の広さを把握した。

☆

街に出て、大工のところにやってきた。

ハミルトン家の息子だという事で、上客としてもてなされた。

ちなみに俺が男爵に叙されたことは、まだ街に広まりきってない。

普段付き合いのない職種だと、俺はまだ貴族の五男扱いだ。

もっともそれで問題はないから、あえて訂正はしなかった。

大工の店で、隅っこにある小さなテーブルで、熊みたいな男——ダリルと名乗った男と向き合って座っていた。

「それで、リアム様はなんのようで？」

「単刀直入に言う、家を建てて欲しい」

「えっと、貴族様のお屋敷を建てた事なんてないんだけど……」

ダリルは申し訳なさそうな顔をした。

自分のような街大工には荷が重い、と遠回しに言っている。

「お屋敷じゃない、まずは普通の一軒家だ」

「はあ……それならまあ」

「とりあえず、なものだから。広さは一〇メートル四方、内装とかは任せる。とにかく急いで建てたい」

俺はそう言って、あらかじめ革袋に入れておいた金貨五〇〇枚をだした。

テーブルの上に置いて、口を開いて中を見せる。

黄金色の金貨が、まばゆい輝きを放っていた。

「これで足りるか？」

「も、もちろん」

ダリルは大喜びした。

「で、どこに建てるんで？」

「この店の裏に作業場があったよな、俺が注文したのが丸ごと入るくらいの」

「え？　ああ、まあ……あそこなら確かに入りますが……」

「じゃあそこに造ってくれ」

「え？」

「無理か？」

「無理じゃないですけど……えっと……」

ダリルは困った。

一体どういう事なのかと、そういう顔をする。

「基礎とかいいから。家に見える、テントみたいなもの。そういう感覚で造ってくれないか」

「……分かりました」

「ありがとう。早く欲しいから、急ぎでやってくれる？」

「基礎とかいらないってんなら、三日で。手の空いてる連中をかき集めてくる」

「そうか、よろしく頼む」

☆

三日後、俺は再びダリルの店にやってきた。

店の裏にある作業場に通されると、そこに真新しい「家」があった。

俺が注文したとおりの、ざっくり十メートル四方の、一戸建ての平屋。

「どうですか？」

「中は？」

「どうぞ」

ドアをあけて、中に入る
玄関があって、あがってドアをあけるとリビングがあって。

いくつものドアがあって、あけるとそれぞれ寝室やらキッチンやらに繋がっている。

トイレも風呂場もちゃんとあって、普通に家だ。

「うん、バッチリだ」

「これをどうするんで？」

俺は無言でニコッと笑い、外に出た。

ダリルも外に付いてきた。

「アイテムボックス」

何でも入ってしまうアイテムボックスを使う。

箱が出てきて、そこに建ててもらった家を入れた。

「ええええ⁉　な、なんですか今の。家は？」

「魔法だ、この中に入ってる」

「魔法⁉　はあ……魔法ってすごいんですね」

ダリルは感嘆したあと。

「あっ、そっか。だからテントって感じなのか。リアム様は魔法で持ち歩けるから」

俺は無言で、ニコッと笑うだけで返事をした。

それは半分くらいしか正しくないが、あえて指摘することでもない。

☆

店を出て、その辺の路地裏に入った。

「アナザーワールド」

異空間を開いて、中に入る。

「アイテムボックス」

そして何でも収納出来る箱を出して、その中から家をだす。

さっきまでダリルの店の裏にあったあの家が、異空間にドン！　と出現した。

アイテムボックスを活用して、家を一瞬でここにうつした。

俺はそれを置いて、アナザーワールドを出た。

一旦消して、裏路地を出て、屋敷に戻る。

いつもの林にやってきてから、再びアナザーワールドを開く。

中に入ると——あの家があった。

家の中に入る、リビングがあって、キッチンや寝室、トイレに風呂場が普通にあるあの家だ。

もう一度アイテムボックスを出して、ストックしていた水で風呂桶を満たす。

どことも繋がってないけど、生活に必要な水とか物資は簡単に持ち込める。

一度外に出て、屋敷を出て——街を出て——街道にやってきた。

最近通い出した、野獣を狩猟する時によく来る街道。

そこでアナザーワールドをとなえて、中に入る。

あの家があった。

「よし」

俺は小さくガッツポーズした。

完全にマスターしたアナザーワールドで、どこでも出入り出来る、自分の家が出来た。

それだけじゃない。

アナザーワールドの空間は、魔力が上がれば更に広がる。

もっと広げたら、屋敷とかも建てよう。

新しい目標も出来たのだった。

.37

「すっっっっっごーい!!」

思いっきり溜めたあと、アスナは目を輝かせながら俺に迫った。

彼女の横で、口にこそ出していないが、ジョディも似たような感じで俺を見つめている。

俺達は今、アナザーワールドの空間の中にいる。

外から入って、一軒家のすぐ外に立っている。

「これ、さっきのと同じ家だよね。すっごいなあ、街の南端で入った時も北端で入った時も同じところに来るんだ」

「どこでも家を持ち運ぶ……こんな魔法初めて聞くわ」

二人とも大興奮だ。

アナザーワールドをマスターして、中に家を建てた。

この家はこの先、パーティーを組んでいる二人にも使ってもらう事になるから、実際に二人に見せた。

一回中に招いてから、一旦外に出て、まったく違う場所でもう一回アナザーワールドを開いて一緒に入る。

すると、二人はこんな感じで興奮しだした。

「ねえねえ、家の中も見ていい？」

「ああ、もちろんだ。この先狩りに行く時に使うから、使う部屋をもう決めてしまって良いぞ」

「本当！」

「あらあら……野宿しないで済むのね」

見た目は美少女に若返ったが、中身はベテランの冒険者であるジョディ。

これまで野宿を結構経験して来たんだろうな。

アスナがまず家に入って、ジョディ、そして俺と続く。

リビングに入った俺達。

ジョディはリビングに立ち止まったままあっちこっちを見回して、アスナはドアを一つずつあけてその奥を見た。

「すごい、中もちゃんと家になってる。ねえ、どの部屋でもいいの？」

「ああ」

「ジョディさんはどうする？」

「私は……うーん」

ジョディは窓の外を見て、困った顔をした。

「どうしたの？」

「ここって、採光の概念はあるのかしら」

「あっ、そういえば……」

アスナも窓の外を見る、俺も見て……はっとした。

アナザーワールドの中は太陽も月もない。

まぶしくないいし、暗くもない。

不思議な、そして丁度いい明るさに常にたもたれている。

暗くないから今まで不便には思わなかったが。

「そうか、これじゃ夜寝る時困るか」

「暗くできませんの？」

「無理だな——ああ、いや。出来る、出来るぞ」

俺は手をかざした。

魔法を使うと二人は瞬時に分かって、ワクワク顔をしだした。

「出《い》でよ——シェイド！」

下級闇精霊、シェイド。

召喚されたそれは、目の前に小さく浮かぶ黒い塊になった。

夜に見る蛍《ほたる》――あれとまったく正反対で、明るいところに出来た小さな闇。

俺はその闇――シェイドに聞いてみた。

「この空間を闇で包み込めるか？」

シェイドは小さく、上下に揺れた。

つぎの瞬間、辺りが一気に暗くなった。

自分が突き出した手がどうなっているのかすら見えない、完全なる闇。

「わっ、暗い！」

「精霊で闇を作り出したのですわね」

「ああ。とはいえこれじゃ暗すぎるな――サラマンダー」

今度は下級炎の精霊、サラマンダーを召喚した。

光の精霊でもいいのだが、それだと一気に明るすぎて訳が分からなくなりそう。

人間が生活の上で闇に対抗するには、やっぱり炎だ。

サラマンダーが出てくると、家の中はほどよく明るくなった。

「あ、落ち着く」

「丁度いいですわね」

「せっかくだから暖炉に火をおこそう」

俺はそう言い、リビングにある暖炉に、アイテムボックスに溜めておいた薪《まき》を取り出してくべて、サラマンダーに火をつけるよう命じた。

暖炉に火がつくと、ますますほっとした。

暗闇の中の炎は、心を落ち着かせる不思議な効果がある。

「なんかすっごい不思議な気分だね」

「ええ。でも、すごく落ち着くわ。狩りの後に野宿じゃなくてここに泊まれたら、疲れを次の日に持ち越さなくて良いわね」

「うん！　あたし、いっつも蚊に刺されてさ。まわりが誰も刺されなくてもあたしだけ刺されるから、野宿にがてだったんだ」

「それなら平気だ。ここは俺が許可した相手しか入って来れないから、蚊の心配はない」

「本当！　やった！」

「リアムくん、この闇って、もう少しだけ明るくならないかしら」

「もう少しだけ？」

「ええ、夜くらいの暗さだったらもっといいって思ったの」

「ああ、それはそうだな」

ジョディの言うことはもっともだ。

今は、暗すぎる。

精霊シェイドが作り出した闇は「闇すぎる」。

向いている、火がついてる暖炉の方は良いが、そうじゃない方向はちょっとぞくっとするくらいの完全な闇だった。

「シェイド、闇の度合いを調整出来るか？」

シェイドは否定した。

召喚者の俺にダイレクトで伝わってくるメッセージは――

「この子じゃダメみたい。下級精霊は闇にするまでしか出来なくて、調整は中級精霊じゃないと出来ないらしい」

「そうなのね」

「中級精霊か……闇もそうだけど、水も召喚出来るようになりたいな」

かつて、海水を直接真水に出来ない、ウンディーネの事を思い出した。

やっぱり中級精霊の方が出来る事がふえる。

そういう魔法書……どこに行けば手に入るんだろう。

「しょうがないよね。精霊もあたし達みたいに成長出来れば良いのに」

「え？」

「え？」

アスナと俺がお互いに驚いて、見つめ合った。

「な、なにリアム。あたしなんか変なこと言った？」

「アスナ達みたいに……」

俺はシェイドに向き直った。

手をかざして、シェイドに新しい魔法をかける。

「ファミリア」

使い魔契約の魔法、ファミリア。

主従の関係を結ぶ魔法で、本来なら、召喚中はすでに絶対服従の精霊達にかけてもまったく意味のない魔法だが。

魔法の光がシェイドを包み込んだ。

アスナ達が契約した時とまったく同じことが起こった後。

『ありがとうございます』

ものすごく丁寧で、知性的な声が聞こえてきた。

『主との契約で、中級精霊に進化致しました』

そして、闇が少しだけ晴れる。

完全な暗闇じゃなく、ジョディがオーダーした、自然の夜の暗闇に。

中級精霊に進化してすぐに、やってくれたのだ。

「えええ!?　精霊を進化させたって事?」

「すごいですわね……」

目の前で精霊の進化という出来事を目撃した二人はものすごく驚いていた。

.38

目の前の闇の中級精霊は、形が大きくなっていた。

さっきまで蛍の光程度の大きさだったのが、両手でギリギリ抱きかかえるほどの大きさになった。

「闇色」のボールみたいなボディに、はっきりとした目が一対ついている。

その目は知性と理性を併せ持った、落ち着いた光の目だった。

ものすごい変化。

まさに「進化」だ。

「アスナ達みたいに『変わる』って予想していたけど、中級精霊に進化するなんて予想外だった」

『これも主のおかげでございます。ご恩に報いるべく誠心誠意働きますので、いつでも呼び出して下さい』

「あー……」

精霊の言葉は真摯《しんし》なものだった。

が……呼び出す、か。

「それは、お前を呼び出すって事だよな。中級精霊であるお前を」

『その通りでございます』

「そっか……それは……うん」

俺は眉をひそめて、苦笑いをしてしまう。

それを見たアスナが不思議そうな顔で聞いてきた。

「どうしたのリアム、難しい顔をして。なんかまずいことでもあるの？」

「まずいというか……俺は中級精霊の召喚魔法を覚えてないんだ」

「えっ、そうなの？　どうして？」

「魔導書が手に入らなくてね」

「リアムんち貴族じゃん？　それでも魔導書手に入らなかったの？」

「ああ」

「中級精霊の召喚ともなると、その魔導書は貴族の家宝クラスで貴重なものだもの」

しかたないわ、って言い方をするジョディ。

やっぱり、かなり貴重なものだったんだな、中級精霊の召喚魔法の魔導書は。

そりゃ……手に入らないわけだ。

というか……中級精霊で貴族の家宝なら。

上級精霊なんて、下手すると国宝クラスとかになっちゃわないか？

いずれは上級精霊も呼べるようになりたいと思っているから、そんなに貴重なものだと……ちょっと、いや大分困るな。

そんな風に俺が困っていると、精霊が落ち着いた口調のまま尋ねてきた。

『失礼ですが……主がつけていらっしゃるその指輪は、古代の記憶だとお見受けしますが』

精霊に聞かれた俺は、自分のめのまえに持ち上げて、それを見た。

何の気なしにつけたままにしている、師匠からもらった指輪。

マジックペディアだ。

「古代の記憶？　これはそういう名前の物じゃないぞ」

『物体の名称ではありません。古代の記憶とは、ハイ・ミスリル銀を媒体に、複数の魔法の知識を貯蔵する古《いにしえ》の秘法でございます』

「ああ、技術のことか。うん、確かに複数の魔法が入ってる」

師匠からもらったマジックペディアという指輪。

どうやら「古代の記憶」という技術が使われているみたいだ。

「一〇〇はある。けどこれがどうしたんだ？」

『古代の記憶が用いられている物体であれば、そこに中級精霊の召喚魔法を宿すことが出来ます』

「そんな事が出来るのか？」

『宿す事自体造作もないこと』

精霊はきっぱりと言い切った。

『ただ、魔法の知識を宿すだけで。主には一からの鍛錬が必要となりますが……』

「それは当たり前の話だな」

師匠からもらったマジックペディアも、ラードーンが宿っているこの紋章も。

全てが魔導書と同じように一から鍛錬する必要があったもの。

中級精霊もそうだったからと言って、失望するようなはなしじゃない。

「やってくれ」

『承知いたしました』

応じた直後に、精霊の体が光を帯びた。

魔法陣が広がり、見た事もないような光る文字がまるで帯になって精霊のまわりをぐるぐる回ってから、俺がつけているマジックペディアに吸い込まれていった。

「あっ……」

「どうしたのリアム」

「今、この指輪の中に闇の中級精霊召喚魔法が入った。魔導書と同じになった」

「すっごーい。ジョディさん確か、貴族の家宝くらい貴重なものって言ったよね」

「ええ。それがこんな簡単に……」

大喜びするアスナ、驚愕するジョディ。

二人はめいめいの反応を見せてくれた。

一方で、俺はマジックペディアをじっと見つめたあと――

「……ファミリア」

明かりをともすために呼び出して、そのままにしていたサラマンダーに向かって、ファミリアを唱えた。

契約の光に包まれたサラマンダーも、今までの者達同様、姿を変化させていく。

しばらくすると、そこに炎のマッチョマンが現われた。

上半身はものすごく筋肉ムキムキなのだが、下半身はなくて、上半身だけで宙に浮いている。

顔もあるので、精霊は口を開いて人間のように喋《しゃべ》った。

『おう！　進化させてくれてありがとうな！』

炎のマッチョマンは、荒々しいながらも、親しみのこもった口調で話しかけてきた。

「ってことは、お前も中級精霊になったのか」

『その通り！　イフリートと呼んでくれい！』

「ならイフリート、今の見てただろ？　さっきのと同じようにこの指輪に中級精霊の召喚魔法を詰めてくれ」

『お安いご用さ！』

見た目通りの豪快な口調ながら、闇の精霊と同じことをしたイフリート。

魔法陣を広げて、見た事の無い文字をぐるぐるさせてから、指輪に吸い込ませる。

「……うん」

「イフリート、っていうのも覚えた？」

「指輪に入った」

覚えてはない、これから時間をかけて鍛錬していかなきゃいけない。

それでも、マジックペディアに入ったのは大きかった。

俺は間髪を入れずに、水、土、風、光、氷と、今呼べる全ての下級精霊を呼び出した。

そして片っ端からファミリアで契約して進化させて、中級精霊の召喚魔法をマジックペディアに入れてもらった。

炎、水、土、風、光、闇、氷。

俺は一気に、全ての中級精霊の召喚魔法、その魔導書を手に入れたのだった。

.39

中級精霊達を一旦全部引っ込めて、俺は後回しにし続けていた事をおもい出した。

改めてアイテムボックスを呼び出して、その中から二〇〇〇枚のジャミール金貨を取り出して、アスナとジョディの二人の前に並べる。

「うわっ、すっごい金貨。どうしたのこれ」

「二人の取り分だ」

「へ？」

「取り分……ですか？」

アスナはきょとんとして、ジョディはちょっとだけ困ったように首をかしげた。

「ああ。ラードーンのことなんだが、本当は『魔竜』じゃないかもしれないんだ」

「どういうことなの？」

俺はスカーレット王女との事を話した。

ラードーン由来の魔法が神聖魔法と言われて、それを知ったスカーレット王女から口止めの三〇〇〇枚の金貨がおくられてきた。

「この金は、ラードーンのことを口外しない口止めの金、だと思ってる。だから二人にも分けなきゃって思った」

それもあって、この家を建てる時の予算は一〇〇〇枚以内に収めておいた。

下賜された三〇〇〇枚の内、三等分した後の二人分を、アスナとジョディの目の前に並べた。

「えー、そんな事言わないよ。そもそも何も知らなかったんだし」

「ええ。それに、私達はリアムくんと契約してるのよ」

「あー、そうそう。こんなのなくても言うなって言えばいいじゃん」

「それもなんだかちがうんだ。とにかくこれは二人の取り分」

俺はそう言って、改めて金貨を二人にっていう意志を示した。

二人は「うーん」ってなって、視線を交換してから、

「分かった、もらっとく。でも預かっといて」

「ええ」

「預かる？」

「こんなの、もって帰れないし、家に置いてても危ないだけじゃん？」

「私も、これが家にあったら次の日間違いなく空き巣に入られるわ」

「あー……」

それも、そっか。

「だからリアムが預かっといて。そもそも、ここで話をしたのも、絶対に誰かに聞かれない場所だから、なんでしょ」

アスナはにやりと笑った。

たしかにそうだ。

「分かった、じゃあ俺が預かっとく。使う時はいつでも言ってくれ」

「うん、そうする！」

「ありがとう、リアムくん」

アスナもジョディも、嬉しそうに微笑んでくれた。

☆

二人が帰った後の家の中、俺は一人になって、中級精霊と、ラードーンジュニアの召喚の練習をしていた。

新しい召喚魔法の数々、心が躍る。

中級精霊だからマスターまでに時間がかかるだろうけど、それでもマジックペディアに入ってるってことはワクワクした。

そうやって一人で魔法の練習をしていると、

『大きな魂を持つ人間よ』

「ラードーン？」

落ち着いた、竜の声が聞こえてきた。

最初からそう思っていないけど、こうして聞くと、やっぱり悪者には聞こえない穏やかな声だ。

『面白いな、大きな魂を持つ人間よ』

「面白い？　それより、その呼び方はしんどくない？　名前で呼んだ方が短いし楽だろ」

『……』

ラードーンの「きょとん」とした感じが伝わってきた。

まさかそんな事を言われるとは、って驚いてる感じだ。

『ふふ……よかろう。リアムよ、面白かったぞ』

「何が？」

『よもや精霊を進化させるとはな』

「あれってそんなにすごいことなのか？」

『魂の大きさがなせる業《わざ》、であろうな』

そういうものなのか……。

『その特殊な力を見込んで、一つ頼みたい事がある』

「頼み事？」

ラードーンが、俺に？

☆

翌日、俺は、ラードーンがいたあの森に向かった。

元々はラードーンが封印されていて、それで立ち入りを禁止されていた地域だったが、ラードーンがいない今、その制限は解かれていた。

俺はするするっと森の中に入って、ラードーンがもともと寝そべっていたところにやってきた。

「えっと……ここから北東に一〇〇メートル、だったか」

教えてもらった通りにすすんだあと、手をかざす。

昨日からずっと練習してきて、来る途中も発動を頑張っていた召喚魔法が発動した。

神聖魔法の光が広がって、ラードーンジュニアが召喚された。

同時に、目の前の景色が歪《ゆが》みだした。

見えているものがぐにゃっ、って歪んで、その後弾けた。

「なっ」

俺は驚いた。

その先にあるのは、直前とまったく違う光景だった。

「わっ、人間だ」

「人間だ、人間だ」

「逃げろー」

そこに何かがあった。

俺を見て、いきなり逃げ出した。

それは人間を小さくした——妖精だった。

ピクシーと呼ばれる種族は、人間の赤ん坊よりも更に一回り小さくて、半透明で、淡い光をはなって、背中の昆虫のような羽を羽ばたかせて飛んでいる。

半透明であわく光っていることもあって、叩けばそのままつぶれてしまいそうな、そんな感じだった。

「まて、俺は敵じゃない。ラードーンに言われてきた」

「え？」

「神竜様に？」

「それ本当？　それ本当？」

逃げ出したピクシーがとまって、次々と戻ってきた。

「ああ、ほら」

俺は呼び出した、子犬の様なラードーンジュニアを抱き起こして、ピクシー達に見せる。

「本当だ、神竜様の子だ」

「神竜様どうしてる？」

「元気？　今元気？」

ラードーンの使いだと知った途端、あっちこっちから更にピクシーが現われた。

まるで「湧き出た」かのように、次々と出てきて、俺のまわりに集まった。

「えっと、ラードーンから、お前達を守るようにって言われてきた」

「どうすれば良いの？」

俺は手をかざして、一番近いピクシーに向ける。

ここは、ラードーンが保護している妖精達の里。

妖精達はか弱く、放っておけば人間に狩り尽くされる運命にあったという。

彼女達の羽――ピクシーフェザーは魔道具の貴重な材料なのだという。

それを狩られないために、ラードーンがまわりに結界を張って、彼女達を守っている。

それを、俺に引き継いで欲しい、という話だった。

「まず魔法をかける、いいか？」

「分かった」

ラードーンへの信頼がよほど高いのか、ピクシー達は何の疑いもなく受け入れた。

『同時に、名前をつけてやるといい』

ラードーンの声が聞こえてきた、俺は頷いた。

「じゃあ――君はレイナで」

そう言って、そのピクシーに向けて、ファミリアをかけた。

契約の光がピクシーを包み込む。

光の中で、妖精がみるみる形を変えていく。

小さかったのがどんどん大きくなって、成人女性くらいの、普通の人間のサイズになった。

白い肌に金色の髪、幻想的な美しさを持つ女性に変化した。

ピクシー・レイナは。

『なるほど、エルフに進化するか……面白い』

ラードーンの声は、俺の力を称えている声だった。

.40

「えっと……ナターシャ。君は……ニア」

頭を振り絞って、ピクシー達に名前をつけながら、ファミリアの魔法で使い魔の契約を結んでいく。

最初の一人とまったく同じ、彼女達は契約の光に包まれて、一人また一人と小さな妖精から見目麗しい美女に変わっていった。

今でもまだ信じられなかった。

「エルフって……あのエルフだよな」

『他にどのエルフがある』

ついこぼしてしまったところに、ラードーンが反応した。

エルフ。

森とか、人里から離れたところとかに隠れるように住んでいる種族。

見た目は人間にそっくりで、言葉が話せて生態も近いから、「亜人」というくくり方をされることもある。

そのエルフと人間が決定的に違う点は一つ、寿命だ。

生まれてから数年間で人間の十代後半くらいの見た目まで成長して、その後数百年間若いまま生き続け、最後はやっぱり若いまま、内臓が衰えて寿命を迎え死んでいく。

生涯にわたって若さを保ち、しかも種族の特性か一人残らず美しいエルフ。

人から隠れるようにして生きてる事もあって、多くの人間には「幻の」で「憧れの」種族だ。

俺もそうで、今まではおとぎ話の中でしかエルフを知らない。

「ありがとう、人間様！」

「大好き！　神竜のお使い様」

そのエルフが、次々と俺に感謝したり、好意を示したりしてくる。

女の子から好きって言われるとそれだけで嬉しいものだ、それがエルフ相手ならなおさらだった。

俺は次々と、ピクシー達をエルフに進化させていく。

「それにしても、なんで名前なんだ？」

『名付けは人間が誰しも行える、原初の呪法だ』

「原初の呪法？」

『大なり小なり、人間は名前通りの人生を送ることになる。それは名付け親が込めた情念が影響するから。もっとも分かりやすいのが聖職者がつける洗礼名だ』

「ああ……なるほど。あれって、聖人の加護を、って意味で同じ名前をつけるんだっけか」

俺はなるほど、と思った。

『故に、名付けという行為は自然と魔力が込められるもの。契約魔法とともに、名前を持たぬものに名付けを行ったら、魔力が共鳴して通常以上の効果が生まれる』

「そうなんだ」

『今後、人外で名を持たぬ種族と契約する時は常に名前をつけてやるといい。魔力は余分に消耗するだろうが』

「分かった」

目の前でピクシーが次々とエルフになっているのを実際に目の当たりにしてるんだ。

多少魔力を余分に消耗するとしても、ついでに名前をつけた方がいい、というのは分かるし、そうすべきだと思う。

「えっと……君は……うーん……テレサ！　はさっきつけたから、テッサ」

魔力よりも、名前のネタ切れの方が深刻だった。

☆

「お疲れ様です、使者様」

全てのピクシーをエルフに進化させた後、その場でへばっていた俺に、一人のエルフが話しかけてきた。

「ありがとう……えっと、レイナだっけ」

自分が名前をつけといて「だっけ」はどうかと思ったが、最初の一人だとなんとか思い出すことが出来た。

「はい、レイナでございます」

「そうか」

「あの、私達はこれからどうすれば良いですか？」

「え？」

質問にちょっとびっくりして、レイナを見つめ返す。

すると、彼女だけじゃなく、他の——全てのエルフが俺を見つめている事に気づいた。

全員がレイナのように、「これからどうすればいい？」っていう顔で俺を見つめていた。

「どうすればいいって？」

「使者様の使い魔として、何をすればいいのか、ご命令ください」

「ああ、そういうことか」

俺は考えた。

別に、彼女達に何かしてもらいたいって事はない。

ラードーンに言われてきただけなのだから。

「えっと……エルフに進化したってことは、村をつくって、そこで暮らした方がいい。エルフの村をみんなでつくってそこで暮らすといい」

「はい、分かりました」

「家を作りましょう」

「人間みたいな家でいいのかな」

エルフ達は口々に、村作り、家作りの事を話し始めた。

かしましい上に、まとまりがないので。

俺は少しだけ考えて。

「レイナ、君が村長をやってくれ」

「私ですか？」

「誰かがまとめなきゃとっ散らかるだけだ。俺に話しかけてきたところをみると、みんなの代表みたいな感じだったんだろ？」

「は、はい」

「だったら村長やれ」

「分かりました！　使者様にきにいってもらえるような村を作ります！」

元々ピクシーの時からリーダーだったのか、レイナのとりまとめで、エルフ達はすぐに動き始めた。

俺は彼女達がバタバタと動き回るのを何となく眺めながらぼうっとしていた。

契約と名付けで大量に魔力を消費したから、今は動きたくなかった。

ぼうっとしていると、何かを感じた。

空っぽになっているからこそ感じたのかもしれない。

森の更に奥から、高濃度の魔力を感じる。

俺は立ち上がって、魔力を感じる先に向かって行った。

すると、一本の木から、何かがぶら下がっているのが見えた。

何か、というのはそれが木から生えているものではないのは一目で分かったからだ。

果樹にぶら下がっている果実っぽいけど、色合いとか見た目とか果物にはまったく見えない。

それから高い魔力を感じる。

「どうしたんですか使者様」

「レイナ、あれはなんだ？」

「あれ？　ああ、あれは私達がずっと集めてたものです」

「集めてたもの？」

「はい、ピクシーは空気に漂ってるわずかな魔力を持ち帰って、一カ所に集めて濃縮する習性があるんです」

「ミツバチと蜂蜜みたいなものだな」

元々のピクシーの見た目を考えれば、ますますそれっぽいと思った。

『食すとよい』

「え？」

ラードーンがそう言ってきた。

「食すって、あれを？」

『うむ』

「はあ……なあ、あれって、食べてもいいのか？」

「はい、使者様ならいくらでもどうぞ。私達のものは使者様のものですから！」

レイナはあっさりと許可した。

もしかして、集めるだけ集めて、それがどうなるのかはまったく無関心なのかな。

それともエルフに進化したから興味が無くなったのか。

いずれにしても、食べてもいいって言うんだから、食べることにした。

俺は近づき、それを手に取って――おそるおそる食べた。

「――っ！」

全部食べた瞬間、体に魔力がみなぎるのを感じた。

消耗した魔力が回復しただけじゃない、魔力そのものがふえたような感じだ。

もしや――。

俺は詠唱込みで、魔力を高めて、空に向かってマジックミサイルを放った。

それまでの限界を超えた――一九。

素数で一七の次である一九本のマジックミサイルが一斉に飛んでいく。

限界が、また一段階上がった。

.41

俺はアナザーワールドの中に入った。

同時魔法の最大数がふえたように、アナザーワールドの中の広さも一段と広がっていた。

今なら、外にいるエルフ達が全員入るくらい広くなっている。

もちろん入るだけだ、全員が住んだり、くつろいだりするには程遠い。

それでも、魔力の上昇がはっきりとした形になって見えるのは嬉しいことだった。

俺はアナザーワールドから出た。

表では、エルフ達が家を建てている。

木を地面に突き立ててとんがり帽子のような形にしてから、その上に草を束ねたものを置いていくという。

家と呼ぶにはあまりにもお粗末なものだった。

「レイナ」

俺は指揮をしているレイナに後ろから近づき、呼びかける。

レイナは慌てて振り向いた。

「使者様！」

「あー、その使者様はもういい。俺の名前はリアム、名前で呼んでくれ」

「分かりました。みんなー、これからはリアム様ってお呼びするのよー」

「「「はーい」」」

家を建てているエルフ達が一斉に返事をした。

みんな、かなり素直だ。

いやそれよりも――俺は一応完成したっぽい、目の前の家に目を向けた。

「こうなったか」

「すみません……家を建てるのはどうしたらいいのか分からなくて……」

「いや、謝る事じゃない。家を建てるのは大工の仕事だからな、専門家じゃなきゃこうなるって分かるべきだった」

俺はあごを摘まんで、考えた。

さすがにこんなところに住まわせてしまうのはかわいそうだ。

家を建てたりするのは金がかかる、さて、どうしたもんか――

「きゃあああ⁉　やめてえええぇ！」

「――っ！」

いきなり悲鳴が聞こえてきて、ビクッとなった。

まわりのエルフ達もだ。

全員の体が強ばって、おそるおそるって感じで悲鳴の方に一斉に視線を向けた。

俺はかけ出した。

悲鳴の方に向かって走っていく。

「あっ！　リアム様！」

レイナの声を振り切って、悲鳴の方に向かって行くと、一人のエルフが、数人の男につかまっているのが見えた。

男達は武装している。冒険者のような風体だが、なんというか……下品な感じだ。

「へへへ、ここでおっきな戦いがあったから、金目の物を拾いに来たが、こんな値打ち物に出会えるとはな」

「まったくだ、このエルフ一匹で、ハンターどもの落とし物一〇〇人分に匹敵する金になる」

「売り飛ばす前に味見してみねえか」

男達はそういって、一斉に下卑《げび》た笑いをして、森の中に大声をこだまさせた。

どうやら、戦場跡で遺品を漁《あさ》る類の、ハイエナのような人間達だ。

「その子を放せ」

「ああん？」

男達がこっちに目を向けてきた。

「なんだ？　ガキか？」

「おいボウズ、正義の味方ごっこならよそでやんな」

「これは大人の世界の、仕事なんだよ」

男達はまた一斉に笑った。

つかまってるエルフを放すつもりはまったく無いようだ。

「リアムさまぁ……」

つかまってるエルフは泣きそうな顔をした。

「そんな顔をするなスージー、すぐに助けてやる」

「は、はいっ」

俺につけられた名前を呼んでもらえて、恐怖が大分引っ込んだスージー。

一方で、ハイエナ達は逆上した。

「おいガキ、大人を舐《な》めるなっつったろ――」

「マジックミサイル！」

会話が成立するような相手じゃない、俺は速攻で魔法をぶっ放した。

無詠唱からの、マジックミサイル一七連。

一七本のマジックミサイルが一斉に男の一人を吹っ飛ばした。

「ぶごえっ！」

男はふっとび、空中でキリモミして回転した後、地面に叩きつけられた。

手足が曲がっちゃいけない方向に曲がって、泡を吹いてけいれんしている。

「てめえ!!」

「舐めやがって！」

残ったハイエナ達がスージーを突き飛ばして、一斉に俺に飛びかかってきた。

二人とも、安物っぽいロングソードを抜いて斬りかかってくる。

「契約召喚——リアム」

俺は自分の幻影を召喚した。

「なっ！」

「ふ、二人になっただと」

「『マジックミサイル』」

二人同時に、無詠唱マジックミサイル一七連を放って、残ったハイエナの二人をぶっ飛ばした。

圧倒的な数のマジックミサイルが男達に次々と当って、その体は空中で踊るように跳ねて、地面に墜落して、泡を吹いてけいれんした。

「すごぉい……」

ハイエナが全員倒れたのとほぼ同時に、他のエルフ達も駆けつけた。誰かがそうつぶやいた。

俺はエルフ達を見た、倒れているハイエナ達を見た。

「ここは……危険だな」

エルフはお金になる、というのを俺は何となく知っている。

奴隷市場とかだと、エルフは常に「時価」だからだ。

彼女達の村を作らせようと思ったが、ここに置いていくのは危険すぎる。

連れて行くしかない。

俺は少し考えて、自分の幻影を解いて、代わりにアナザーワールドを使った。

「みんな、ここに入ってくれ」

「えっと……どうしてですかリアム様」

エルフ達を代表して、レイナが俺に聞く。

「ここは危ないみたいだ、安全なところに連れて行くから、入れ」

「わ、分かりました」

☆

ハミルトンの屋敷に帰宅して、いつもの林に戻ってきた。

そこで、再びアナザーワールドを開いて、中に首を突っ込む。

広くなったアナザーワールドの中に、エルフ達がわらわらいた。

「ついたぞ、出てこい」

「ついたって……」

不思議がりながらも、率先してアナザーワールドから出てくるレイナ。

「ええっ⁉」

彼女は驚愕した。

まわりを見回して、何故か鼻をスンスンとかさせたりして。

「ぜ、全然違うところ……どうして？　なにがどうなったの？」

驚くレイナ。

他のエルフ達も同じように、アナザーワールドから出てきて、環境の変化に驚いていた。

「分かるのか、場所が変わったの」

「はい、全然違うところです……」

「その魔法でみんなを運んだんだ。ここなら安心だから」

貴族の屋敷、その敷地内だ、少なくともハイエナに狙われる心配はない。

「私達を魔法一つで運んできたの……？」

レイナを始めとする、エルフ達全員は。

アナザーワールドを応用した、彼女達からしたら瞬間移動のような出来事を。

驚きと、感動の目で俺を見つめていた。

.42

感動したエルフ達は、レイナを中心に集まって、なにやらひそひそ話をしていた。

幻想的な美しさをもつエルフ達が、一つに固まって円陣を組んで、ひそひそと何かを話している光景はシュールだった。

しばらくして、話がまとまったのか。

エルフ達は円陣を解いて、一斉に俺に向き直ったあと――両手両膝を地面について、更に頭を下げた。

平伏。

エルフ全員が、俺に向かって平伏した。

「な！　なにしてるんだお前達は」

「リアム様」

平伏したまま、やはり代表でレイナが口を開く。

「どうか、私達の長になってください」

「長？」

「あっ、人間の世界だと国王、ですか？」

「俺がお前達の王に？」

何か言ってくるのは分かっていたし、ちょっと身構えて心の準備もしていたが、これは予想外だった。

「はい、私達の王になって、私達を導いてください」

「……」

「お願いします」

「「「お願いします！！！」」」

エルフ達は全員平伏したまま、声を揃えて言った。

「王になってくれるのなら、私達何でもします」

「むむむ」

何でもします、という言葉には重さがあった。

本当に何でもしそう、そう感じさせる重さだ。

チラリ、とレイナが……エルフ達が。

次々と平伏したまま、ちょっとだけ頭を上げて、上目遣いで俺の様子をうかがう。

「……」

彼女達は本気だった。

襲われ、拉致《らち》された後だ、本気にもなる。

そうやって本気で頼られると……断れないな。

「分かった。王になるのはさすがに問題があるが、お前達の長になる」

貴族の五男に乗り移っただけの、中身がほとんど平民の俺でもそれはヤバイって分かる。

貴族が、勝手に王を名乗ったらヤバイって事は分かる。

「本当ですか⁉」

「ああ」

「ありがとうございます！」

「「ありがとうございます！」」

全員が嬉しそうにお礼を言ってきた。

ずっと平伏させたままってのも悪いから、彼女達を立たせた。

そして、考える。

「そうなると、土地がいるな。みんなを住まわせる土地が」

とりあえずこの林に連れては来たけど、ここは父上の――ハミルトン家の土地だ。

一時的に連れ込む事は出来ても、この林の中に村を作らせる事は出来ない。

どこか土地がいるな。

それをどうするか、と頭を悩ませたが。

解決策は、意外なところからやってきた。

☆

林の中で、俺は魔法の練習をしていた。

既に四日間、ぶっ続けで練習している魔法。

初めての魔法だ。

ラードーンから授けられた、上級神聖魔法。

それを練習して、初めて発動するまでに、四日もかかって――未だに発動していない。

俺が林の中でそれをやり続けているのを、エルフ達は見守り続けている。

ちなみに、俺がそれをやって、彼女達が待っている間は。

アイテムボックスの中に貯蔵した物資、大量に作り置きした即席麵で食事をまかなっていた。

そんな味気ない生活を始めて、あっという間に四日が過ぎた。

俺はずっと、体内に魔力の流れを感じながら、ラードーンが示した魔法を発動させようと頑張った。

『相も変わらずの根気だな』

「え？」

『よく続けられるな、と言ったのだ』

「なんで？」

『むっ？』

「続ければ魔法が覚えられるんだ、続けない理由がどこにある」

『……ふ、ふふふ。やはり面白い人間だ』

ラードーンは俺の頭の中で笑いをこだまさせた。

ものすごく楽しげな笑いだ。

何がそんなに楽しいのか分からなかったが、楽しいって思ってる分には問題はないから、気にしないでいることにした。

そして、魔法発動の練習を続ける。

それから更に半日くらい経ったところで。

「あっ、来た」

魔法の発動を感じた。

『後は行き先を思い出すだけだ。幻影は？』

「もうついてる」

エルフ達の食事のこともあって、出しっぱなしのアイテムボックスから、幻影を別行動させた時の定番、遂行完了の手紙が入っているのを確認した。

「よし……レイナ」

「はい！」

この四日間、ずっと俺のそばにいたレイナを呼んだ。

「みんなを集めて」

「分かりました。みんなー」

長は俺だが、エルフ達をまとめる役割はレイナに引き続きやってもらった。

そのレイナの呼びかけに、林の中に散っていたエルフ達が戻ってきた。

数を数える、全員いた。

エルフ達を全員整列させて、俺の前に立たせる。

「それじゃ行くぞ——上級神聖魔法・テレポート」

俺は頭の中に行き先を指定して、魔法の最終段階を発動させた。

瞬間、目の前の景色が大きく変わった。

屋敷の林にいたのが、見た事もないような平原にやってきた。

「ここが……」

俺はまわりを見る。

『あの土地から一〇〇キロ離れた、封印の地と呼ばれている場所だ』

「びっくりだ……本当に一瞬で来たぞ」

そう話すのは、俺の幻影。

数メートル離れた先でこっちを見る、四日分の旅の疲れが見える、俺の幻影。

上級神聖魔法・テレポート。

一度行ったことのある場所に、強い魔力で一瞬で飛ぶ事が出来る魔法。

俺の幻影が四日かけてやってきた土地を、俺がテレポートを発動して、エルフ達を連れて来ることに成功した。

アナザーワールドの応用による疑似瞬間移動じゃない、正真正銘の、行きたいところに一瞬で行ける瞬間移動。

「この魔法……何が何でもマスターしたい」

新たな土地にやってきた嬉しさもあったが、俺は、一瞬で一〇〇キロ以上を瞬間移動出来るこの魔法により心が躍った。

.43

「で、ここに村を作れば良いのか」

『背後を見てみろ』

ラードーンに言われて、俺は振り向いた。

平原だと思っていた反対側は、数十メートル進んで行った先が崖になっていた。

いきなり土地が途切れたような、断崖絶壁。

『あそこに近づくが良い』

「ああ」

頷き、崖に向かって歩いて行く。

後ろからエルフ達もついて来た。

崖の前に立ち止まって、また聞く。

「それで？」

『手をかざすと良い』

「こうか？」

言われたとおりに手をかざすと——紋章が光り出した。

ラードーンが俺の中に入っている証の、ドラゴンの紋章。

光が増してまぶしくなり、ピークに達して——弾けた。

パリーン。

同時に「空間も割れた」。

まるで一面の鏡が割れたかのようなかんじで、光の破片がヒラヒラと舞い散る中——現われた。

断崖絶壁で何もなかったそこに、一面に広がる大地が現われた。

草原があって、野花の花畑があって、遠くには森が見えている。

蝶々やらトンボやらがとんでいて、ちょっと離れたところの岩陰から野ウサギが跳びだしてきた。

一目で分かる、手つかずの、豊かな土地だ。

「わあ、すごい」

「何今の？　リアム様がやったの？」

「綺麗なところ……」

背後にいるエルフ達が感嘆している。

「これは？」

俺はラードーンに聞いた。

『我が封印した土地の一つだ』

「封印した？　なんで？」

『……』

ラードーンは答えなかった。

答えたくないのかな。

「えっと、ここは使っていい……ってことか？」

『ああ、好きに使え。国を興してもよいぞ』

ラードーンはからかいの口調で言ってきた。

レイナ達が俺に言ったことを意識したからからかいだ。

それを苦笑い程度でながして、振り向く。

「ここはラードーンが……守っていた封印の地」

何となく、それっぽい言葉を選んで彼女達に言った。

「ここを使っていいとラードーンが言った」

「わああ」

「ありがとう神竜様！」

「ありがとうリアム様」

神竜――ラードーンを称えるのは想定内だが、何故か俺もセットで称えられた。

まあ、悪い気はしない。

俺はエルフ達を連れて、封印の地に足を踏み入れた。

まずは村を作る場所を決めるために、そのために一番大事な水源を探した。

「見つかりませんね……」

しばらく探した後、共に行動しているレイナが困った顔で言ってきた。

これだけの豊かな土地だ、水源は必ずある。

それが見つからないのはちょっと困る。

「……よし、ウンディーネ」

俺は下級の水の精霊を呼び出した。

下級召喚魔法は完全にマスターしているから、すぐに呼び出せた。

「からの、ファミリア」

契約の魔法をかけて、ウンディーネを中級の水の精霊・セルシウスに進化させた。

中級精霊自体はまだマスターしていないから、しばらくはこうして、遠回り&多分ちょっと魔力消費の多い中級精霊召喚の形になる。

水の乙女が水の美女に進化して、俺に跪いた。

「感謝致します、主様」

「水源を見つけて、生活用水にしたいんだけど、どうにかなるか？」

「お任せを」

セルシウスは跪いたまま更に頭を下げた後、すっくと立ち上がって、明後日《あさって》の方角を向いた。

おもむろに手をかざす――すると、数十メートル離れた先から、巨大な水柱が、地面を突き破るようにして噴きだした。

「「「おおお!?」」」

エルフ達が一斉に歓声を上げた。

噴き上がった水柱はやがて徐々に勢いをなくして、噴水程度の湧き水になった。

近づいてみると、噴きだした湧き水が、地形にそって小さな川になっていた。

「これでよろしかったでしょうか」

「バッチリだ、ありがとう」

「恐悦《きょうえつ》」

セルシウスからエルフ達に振り向いて。

「ここをベースに村を作ろう」

「はい」

「あとは……建築の技術をもってる人間を引っ張ってこなきゃな」

あの森でのエルフ達が作ろうとしていた家はひどかった。

サバイバルの、その場凌《しの》ぎ程度のものだ。

せっかくの豊かな土地だ、ちゃんとした家を作って、ちゃんとした村にしたい。

☆

三日後の朝。

エルフ達に見守られる中、テレポートの発動がたまったところで、俺はまず、ラードーンジュニアを召喚した。

テレポートよりも遥かに簡単なラードーンジュニア、今はもう一日程度で呼べるようになった。

それを、三体。

「ちょっと行ってくる、その間にこいつらがお前達を守る」

「え？　こんなに可愛いのがですか？」

レイナがちょっと驚き、不安っぽい顔をしていた。

「こう見えてラードーンの子だ、強いぞ。三体いればハンターギルドの総力を撃退出来るくらいだからな」

「はあ……」

「力を見せてみろ」

俺が命じると、中型犬サイズのラードーンジュニアが一体、前足を両方とも上げての——人間っぽい立ち方をした。

そのまま、前足を振り下ろして地面に叩きつける。

ドゴーン!!

その瞬間、地面が思いっきり揺れた。

地震が起きたかってくらい揺れた。

集まっているエルフ達はみんな立っていられなくなって、七転八倒の大騒ぎになった。

敵襲とかじゃないから、エルフ達は転げさせられたが落ち着いていた。

「今のすごい」

「こういうのを召喚出来るって事は、リアム様もっとすごいよね」

口々に、ラードーンジュニアを通じて俺を褒め称えていた。

「って感じだ」

俺は手を差し伸べて、レイナを起こす。

「こいつらがいれば、絶対に安全だ」

「はい!」

レイナも、表情に絶対的な安心感が戻った。

.44

一回目のテレポートで屋敷の林に飛んで戻ってきた。

まわりを見る。

間違いなく、いつもこもっているあの林だ。

三日かかる道のりを一瞬で戻ってこれる、テレポート。

上級魔法のすごさを改めて思い知った。

残った十五回のテレポートも次々と発動させた。

やっぱり行ったことの無い場所は行けないから、意味もなく、林の中のいくつかの場所を次々と瞬間移動した。

詠唱込みでの最大数、ラードーンジュニアの三回を引いた十五回を使いきった後、改めてテレポートを使う。

まだマスターしていないから、右手のドラゴンの紋章経由で使う。

「……おお」

思わず、感動の声が洩《も》れた。

最近は魔力の流れがより分かるようになった。

一回でも使ったことのある魔法なら、使おうとした瞬間どれくらい時間が掛かるのか、魔力の流れで分かる。

テレポートは、一日まで縮まっていた。


魔法の練習での、マスターに届く条件。

それは厳密には日数ではなく、発動させた回数であると俺は気づいた。

普通の、同時発動が出来ない魔法使いはほぼ日数と比例する。

なぜなら同時に一つしか発動――練習出来ないからだ。

だが、俺には師匠から教わった魔法の同時発動がある。

いまや詠唱込みで、素数の第八段階の十九まで同時発動数が伸びている。

それで十五回まとめてテレポートを三日間かけて発動し、一斉に使った。

本当なら四十五日――ざっと一ヶ月半分の経験値を、三日に圧縮した。

そして今ならさらに十五回を一日で発動出来る。

四日で、本来の三ヶ月分の経験値が得られる。

このペースで行けば、一ヶ月――いや、更に加速するだろうから、一週間もあればテレポートを完全にマスター出来る。

いや、今の十五回をまず魔力アップに回して、もう一段階上の二十三発同時にした方が結局早いのか？

急がば回れって言うし……むむむ。

難しいところだな。

『ふふふ』

ふと、頭の中にラードーンの笑い声がこだましてきた。

楽しそうな雰囲気だが、何があったんだろうか。

「どうしたんだ？」

『面白い人間だ。と、と思ったのだ』

「面白い？」

『力をもった人間が、それを得意げに振るうのは山ほどいる。だが力を更なる力を得るために使う人間は珍しい』

「はあ……」

『面白い人間だ』

同じ言葉を繰り返すラードーン。

褒められてる……のか。

よく分からないまま、俺はとりあえず、詠唱して、十五回のテレポートを仕込んでおくことにした。

☆

急がば回れ。

その言葉を思い出した俺は、まずテレポートの完全マスターを目指した。

すぐに問題にぶち当たった。

上級神聖魔法、テレポート。

上級魔法だけあって、かなりの魔力を消耗する。

今のままだと、次の十五回分が最後まで発動出来ない。

十五回分発動したら、次は更に発動時間が短くなるのは確実だ。

そうなるとすぐにまた次の十五回を仕込みたくなる。

魔力の自然回復の待ち時間がもったいなかった。

だから俺は、更に「急がば回れ」をした。

十五回のテレポートを全部キャンセルした。

そのかわり、ノームとサラマンダーを大量に召喚した。

林の中からレククロ草を集めて、ノームとサラマンダーでそれをレククロの結晶に加工した。

レククロの結晶。

それは使うと、消費した魔力を瞬時に回復するもの。

回復の量は加工にかかった魔力の量よりも多い。

だから、まずはそれを大量に作った。

テレポート百回分はまかなえるであろうレククロの結晶が出来た後、それを使って魔力を回復して、改めてテレポートを十五回仕込んだ。

そのまま待つ。

丸一日待って、朝日がのぼってきた辺りで、テレポートを発動させた。

朝日の中、林の中で十五回、意味なく飛び回った。

そして、確認。

魔力の流れで、テレポートの発動に必要な時間を大雑把《おおざっぱ》に計る。

「おお」

思わず感嘆の声が洩れるほど、それは縮まっていた。

一日必要だったのが、十五回の発動で一気に二時間まで縮まっていた。

作ったレククロの結晶で魔力を回復して、更に十五回仕込む。

そして二時間待つ。

さっきとまったく同じように、意味なくテレポートして林の中を飛び回った。

そして、確認。

二時間かかったのが、十五分まで縮まっていた。

十五分かけてのテレポート。

大分縮まったが、まだまだ足りない。

移動するためだけに使うのならこれでも十分だが、例えば戦闘中に、とっさに逃げたいとか、誰かを逃がしたいとか。

そういう時に十五分は長すぎる。

致命的とすら言える。

またまたレククロの結晶で魔力を回復して、さらに十五回仕込む。

十五分待った。

十五分待って、十五回林の中を飛び回る。

そして、更にチェック。

一分まで縮んでいた！

一分なら、戦闘中でもギリギリ使える。

だが、一分では――

「食い止めてる間に早く！」

というような、やはりピンチの場面が生まれてしまう。

だから俺は、レククロの結晶で回復して、おそらくは「最後の」十五回を仕込んだ。

一分はあっという間にすぎた。

林の中を十五回飛んだ。

「……よし！」

ここで、テレポートを完全にマスターした。

十五回仕込むまでもなく、使った瞬間に飛べる状態になっていた。

急がば回れで、二回分遠回りしたのに。

普通なら半年は確実にかかるであろうテレポートを。

わずか、一日でマスターしたのだった。

.45

昼前にテレポートを完全にマスターしたから、俺はその足で街に出て、大工ギルドに向かった。

夜までかかってたら明日にならざるを得なかったところだけど、早めにマスターしたからすぐに来た。

大工ギルドは、ハンターギルドと違って、普通の商店のようだった。

ハンターギルドは酒場のような造りで、ハンター達がたむろして酒を飲んだりくつろいでたりしたが、大工ギルドはマスターっぽい老人が一人カウンターの向こうにいるだけで、他に人はいない。

その日暮らしのハンターと違って、大工は一度仕事に入れば大抵は長期的なものだから、ギルドにたむろしてる事はすくないからこういう形になってるらしい。

そんな大工ギルドにやってきた俺は、一直線にカウンターのマスターっぽい老人のところに向かって行った。

「これはこれは、ハミルトンのお坊ちゃま。何かご用ですかのう」

「俺の事を知っているのか？」

「それはもう。何度かお屋敷の修繕をさせていただいた事がありますので」

老人は揉み手しながら、明らかな商売スマイルを浮かべながらそう言った。

なるほど、屋敷の修繕をした時に俺を見かけた事があったということか。

もちろん俺にはそんな記憶は無い。

貴族の五男に乗り移ってから、屋敷が修繕された事はないからだ。

「それで……お坊ちゃまがわざわざおいでになったのは……」

俺はギルドマスターの老人に事情を話した。

ある土地に一から村を作りたいが、そのための大工がほしいという話をした。

それを聞いたギルドマスターは難しい顔をした。

「無理なのか？」

「そうですな……大工というのはなかなか、住み慣れた街から離れようとしませんので」

「そういうものなのか」

「土地ごとに家の建て方が違いますし、その……」

「うん？」

「長く同じ土地にいれば、新築だけでなく、修繕などの仕事が入り続けますから……」

ああ、そういえばギルドマスターも、さっきは屋敷の修繕とか言ってたな。

「うちの屋敷も、マスターが？」

「はい、若い頃に取り立てていただきました」

「なるほど……」

俺は少し考えて。

「まったく心当たりはないのか？」

「申し訳ありません……」

「分かった。悪かったな、無理を言って」

ギルドマスターに別れを告げて、大工ギルドを出た。

さてどうしよう。

ギルドから大工を見つけられたらって思ったんだが……。

「男爵様」

「ん？」

真横から呼ばれた。

振り向くと、一人の男が少し離れたところで、恭《うやうや》しい感じで俺を見つめていた。

「あんたは……？」

「殿下の使いの者です。今すぐに会いたい、と殿下が」

「殿下……」

って事はスカーレット王女か。

そういえばラードーンの話を聞いて慌ててどこかに行ったんだっけな。

「今すぐにか？」

「はい」

「分かった。案内してくれ」

☆

男に案内されてやってきたのは、前と同じジェイムズの屋敷だった。

今度はジェイムズはいなくて、部屋でスカーレット王女だけが待っていた。

「よく来たな、座るがいい」

「はい……えっと、何ですか？　俺を慌てて呼んだのは」

「一つ聞きたい。魔――じゃなく、竜から『約束の地』という言葉を聞かされていないか？」

魔竜と言いかけて、それをのみ込むスカーレット王女。

考え方が変わってきている……？

それはそうとして。

「約束の地？」

「うむ」

「えっと……封印の地、ならあるけど。それかな」

今までのラードーンがらみの事を思い起こせば、スカーレット王女が言ってるのはそれかもしれないと思った。

「封印の地？」

「ああ。見に行きます？」

「場所を知っているのか？」

「はい――テレポート」

完全にマスターしたテレポートを使って、スカーレット王女ごと封印の地に飛んだ。

広い草原にいきなり飛んだことを。

「な、何が起こった⁉」

スカーレット王女は大いに慌てた。

「上級神聖魔法、テレポート。一度行ったことのある場所に瞬間で飛べる魔法です」

「これが⁉　名前は聞いたことがあるのだが……実在していたとは……」

へえ、神聖魔法としてのテレポートの知識はあるのか。

「それで、あっちが封印の地です」

俺は彼女の背中の方、あの豊かな土地を指さした。

スカーレット王女は振り向き、土地を見つめた。

やがて。

「ま、待て！」

「え？」

「遠くにあるあの山の形、太陽の場所。ここ、ガラールの谷だった場所ではないのか？」

ああ、あの崖ってそういう名前だったのか。

「あれは嘘で、これが本当らしい。ラードーンはこの土地を封印して、崖に見せていた、って言ってた」

「……や、やはり、ここが約束の地……」

驚き、言葉を失うスカーレット王女。

何となく状況がのみ込めてきた。

「魔竜」の「封印の地」は、ピクシー達にとって「神竜」で、王国にとっては「約束の地」という風に言い伝えに差があるってことか。

「実は、ここを開拓したいんだ」

「開拓？」

「ラードーンから頼まれたエルフ達の村を」

「エルフ!?　竜から……？」

「でも、大工が見つからないんだ」

「……」

スカーレット王女は「約束の地」を真顔で見つめた。

しばらくして、俺の方を向き。

「そなたが、魔法でなんとか出来ないのか？」

「建築系の魔法は覚えてないから……ん？」

「どうした」

「魔法……」

俺は少し考えた。

大工達は大抵、住み慣れた街から離れたがらない。

それを無理強いするのは俺も望まない――が。

一つ、上手く行きそうな魔法があった。

「……殿下、殿下は腕の良い大工を知ってますか？」

「腕の良い大工？」

「紹介して下さい。腕さえあればいいです、断られてもいいです、とにかく腕のいい大工を」

「ふむ」

ラードーンと封印の地ではなく、俺の話になった途端、スカーレット王女は落ち着き払って、俺をじっと観察するように見つめてきて。

「いいだろう」

と、俺の願いを聞き入れてくれた。

☆

次の日、ジェイムズの屋敷。

もはや通い慣れた部屋の中に、スカーレット王女ともう一人の男がいた。

男は背がものすごく低く、ヒゲがぼうぼうで。

目つきも鋭くて、力強さの塊――岩みたいな人だった。

「紹介する、宮廷技師のゴラク。見ての通りドワーフだ」

「ドワーフって、あの!?」

俺は驚いた。

噂には聞いていたドワーフにまさか会えるとは。

「どうしてもって言うから来てやったが……何の用だボウズ。わしは忙しい、とっとと話せ」

「忙しいんですか？」

「陛下の離宮の新築でな」

「なるほど」

「というわけで、そなたの注文通り、腕はあるが話を受けられないものを呼んできたが……」

どうするんだ？　って顔をするスカーレット王女。

「使い魔にされると困るぞ」

「それなら大丈夫です……行きます」

俺は手をかざして、ゴラクに突き出した。

ゴラクは身構えたが。

「契約召喚——契約」

魔法の光がゴラクを包み込んで、収まった。

「契約召喚：ゴラク」

そしてもう一度唱える。

ゴラクの幻影を本人の前に召喚した。

「んな！」

「こっちを借りていきます」

「なるほど……考えたな」

スカーレット王女は称賛の口調と視線を俺に向けた。

宮廷技師であるドワーフ、その幻影を召喚出来るようになった。

これで、村は作れそうだ。

.46

テレポートで封印の地に戻ってきた。

早速ゴラクを契約召喚する。

ゴラクの幻影が、エルフ達と街作りを始めた。

見た目はドワーフ、下手すればむさいおっさんだが、エルフ達の目の前で召喚したから、彼女達は素直にゴラクの指揮に従った。

それを遠巻きに眺めると、最初のエルフ達だけでやっていた時と違って、統率された、ちゃんとした動きになっている。

地面に杭を打ち込んだり、資材を伐採しに行ったりと。

素人目からもちゃんとしているのが分かって、俺は安心した。

あっちはもう完全に任せることにして、一緒にテレポートで連れてきたスカーレット王女に振り向いた。

王女は落ち着かない様子でまわりを見回している。

屋敷にいる時はいつものように尊大に振る舞っていたのだが、ここに来ると様子がおかしくなる。

「大丈夫ですか殿下」

「……」

スカーレット王女は俺をじっと見つめた。

何だろう、と思っていると、彼女はまるで告白する小娘のように、緊張しきった様子で口を開いた。

「竜……ラードーン様にお聞きしたい」

「え？　あ、ああ」

あまりの意気込みに一瞬たじろいだが、それは俺にではなく、ラードーンに向けられたものだと分かって、落ち着いた。

「ここは、本当に約束の地なのだろうか」

『我は人間とは、なんの約束もしていない』

ラードーンの声はスカーレット王女には聞こえないから、俺が代わりに伝えてやった。

それを聞いたスカーレット王女は見るからに落胆した。

「そう……なのですか」

「気落ちする必要はないと思いますよ」

「なに？」

「ラードーンとしばらく付き合ってみて、その言い回しが大分分かってきたんだ。ラードーンは約束してないって言っただけで、ここがそうじゃない、とは言ってない」

「え？……あっ」

スカーレット王女はハッとした。

「そう、人間が一方的に約束の地にしたのがここかもしれない。今までも、ラードーンがらみで、呼び名とか言い回しとか、ことごとく違ってたから」

「なるほど……」

落胆から一変、目に光が戻るスカーレット王女。

『ふっ……』

一方で、この一連の流れを――俺がスカーレット王女に指摘するところまで含めて、ラードーンがそれを楽しげに眺めている感じが伝わってきた。

それはとりあえずスルーして、スカーレット王女に聞く。

「ここが本当に約束の地だったらどうするんですか？」

「……言い伝えでは」

少し迷ってから、意を決して語り出すスカーレット王女。

「終わりの日に、人類を滅亡から救い、新たな楽園へいざなう――それが約束の地だ」

「終わりの日？　滅亡から？　物騒な話だ……」

「具体的な話は伝えられていない。この程度の内容だ、毒にも薬にもならない伝承程度だと思われている」

「そりゃ……そうですね」

こんな話信じようがない。

「だが……竜は実在した、この土地もこのような形で現われた。伝承は……本当かもしれない」

「そうなのかラードーン」

『ふっ……』

ラードーンは答えない。

否定も、しない。

「殿下、その伝承にまつわる何かが他にありませんか」

「……ある」

一呼吸の間をおいて、深く頷くスカーレット王女。

そして彼女は、懐から一つの指輪を取り出した。

「これは？」

「宿命の鍵……と、呼ばれている」

「明らかに関係のあるネーミングだ」

今までの流れから、間違いなくそうだと確信する俺。

「どう関係しているのか……分からない」

「見せてもらって良いですか？」

「ああ」

俺は指輪を受け取った。

じっと見つめる、感触を確かめる。

直後、俺の手が光った！

「な、なんだ⁉」

「これは……紋章が反応、いや共鳴している？」

手の甲にある、ドラゴンの紋章が輝く。

同時に、指輪もまばゆい光を放ち出す。

ごごごごご……

地鳴りがして、大地が揺れた。

「地震か？」

「いや、あれを見ろ！」

俺は遠くを指さした。

広がっていく草原は、途中を境目にして、境目の向こう側が沈んでいく。

俺は慌ててそこに走った。スカーレット王女もついてきた。

境目から向こうをのぞき込むと――

「土地が……浮かび上がっている？」

「あれは……ガラールの谷」

「え？」

「谷にはまっていた土地が浮かび上がった？」

「……」

何を馬鹿な事を――って言いかけたけど、目の前の状況はスカーレット王女が表現した通りの状況になっている。

谷があって、そこにこの「封印の地」がすっぽりはまっていたが、それが空に浮かび上がった。

後ろを見る、周りを見る。

巨大な島が浮かび上がった。

真上に二〇メートルほど浮かび上がった後、今度はゆっくりと、真下に落ちていく。

そして、地鳴りの轟音《ごうおん》とともに、元々の穴にまたすっぽりと収まった。

「やっぱり、約束の地なんだ」

「……そう、みたいだな」

この土地は、かなりすごい土地のようだ。

俺は指輪を見た。

これは……魔導書のようなものだった。

いや、マジックペディアの方が近いか。

俺は魔力を込めて、再び土地を飛ばそうとしたが。

「あ」

「どうした」

「魔力が足りない。俺なら飛ばせるが、今のままだと、俺の魔力で飛ぶには一年はかかる」

魔力の流れが分かるようになった俺は、それをはっきりと感じた。

この島を飛ばすのも魔法で、今飛んだのはラードーンが残していった力で、俺の力だと一年かかる。

しかもこれ……ラードーンの力がないと飛ばない。

俺の中にラードーンがいるから、一年はかかるが飛べる。

普通の人間の魔力だといくらやっても無理だと、今の一瞬ではっきりと分かった。

そんな、俺がまとめた言葉を聞いたスカーレット王女は——。

「なっ！」

なんと、俺に向かって跪いて、頭を下げた。

「ど、どうしたんですか殿下」

「約束の地の主よ」

「え？　あ……」

そういうことに……なるのか？

スカーレット王女はここを約束の地だと思っている。

そしてここの封印を解いたのも、飛ばしたのも俺。

封印の地の主――そう呼ばれてもおかしくない状況だ。

「ここに、新たな国をお作り下さい」

「え？」

「楽園となる国を……どうか」

跪いたまま、顔を上げるスカーレット王女。

俺を見つめる目は本気だった。

「あ、うん」

頼まれると断れない性格が災いして、俺は思わず頷いてしまった。

「約束の地の主に……忠誠をちかいます」

スカーレット王女は再び頭を下げて、敬語を話すようになった。

遠くでパニクってるエルフ達を見る。

予定より話が大きくなったが、俺はここで、国作りを始めることにしたのだった。

王様だったら……

「ジョディさん！　リアム見なかった⁉」

「どうしたのアスナ、そんな剣幕で」

自宅のリビングで、ジョディがのんびりと茶をすすっていたら、アスナがドアを壁に叩きつけて
——叩き壊しかねない勢いで入ってきた。

そんな勢いだというのに、家の主のジョディは驚きも焦りもない。

マイペースに聞き直して、アスナの分の茶も淹《い》れてやる。

「はい、どうぞ。これを飲んで落ち着いて」

「あっ、ありがとう——ってそうじゃなくって！」

アスナは一瞬、ジョディのマイペース時空に引きずり込まれかけたが。

「そんな事よりもリアム見なかった？」

「リアムくん？　見てないわ。ここ最近会えてないけど……どうかしたの？」

「むむ……リアムと連絡とる方法は？」

「それならリアムくんの実家に——」

「それはもう行った！」

「あらあら」

言葉を遮《さえぎ》るほどの剣幕。

さすがのジョディもちょっとだけ困った顔で、頬に手を当てて小さく首をかしげた。

「一体、どうしたの？」

「むむむむ……だったらジョディさん！　お金持ってる？」

「アスナちゃん」

ジョディはまっすぐアスナを見つめた。

しっとりとした口調のままだったが、その言葉にはさっきまでになかった「重み」があった。

それにアスナは「うっ」と気圧されてしまった。

「分かるように説明して」

「ご、ごめん……じゃあジョディさん、一緒に来て。現物見てもらった方が早いから」

「……ええ、分かったわ」

そういうことならば——という感じで、ジョディは少しの間アスナを見つめた後、静かに頷いて立ち上がった。

☆

アスナに連れられてやってきたのは、街中にある、骨董品を取り扱う店だった。

店内に入った途端、古いもの特有の匂いが鼻孔《びこう》の奥を襲ってきた。

アスナはズンズンと奥に進み、店主が座っているカウンターに向かった。

店主は五十代くらいの、メガネを掛けた男。

男は気だるげにちらっとアスナを見た。

「おじさん！　あれもっかい見せて」

「お金は？」

「ジョディさん――あの人に見せるの。本当にあるって分からないとお金出してもらえないから」

「……ちょっと待って」

店主の男はいかにも仕方なさそうな感じで一旦店の奥に引っ込んでから、一冊の本を持って戻ってきた。

「ジョディさん！」

「これは……魔導書？」

「そう！　この街で持ち主のいない、お金で買えるたった一冊の魔導書！　これを買ってリアムにあげるの」

「そういうことだったの……」

微笑むジョディ。アスナの剣幕の理由をようやく理解した。

「言っとくけど、安くないよこれ」

「いくらなのですか？」

「ジャミール金貨で、一千枚」

「出せる額ね」

「でしょ!!」

事情を理解してもらえたアスナは、さっきよりも更に意気込むのだった。

「取り置きをお願い出来るかしら」

「またそれか。言っとくけど、魔導書は欲しいやつがたくさんいるんだ。欲しいなら今すぐ金を持ってきな――」

「六歳までおしゃぶり」

「へ？」

「……なっ⁉」

きょとんとするアスナ、一瞬首をかしげた後驚愕する店主。

「一〇歳までおむつ」

「ちょ、ちょっとお前――」

「一二歳までおねしょ――」

「わ、分かった！　取っておく、取っておくから！」

「ありがとう、ゴールくん」

「お前さん……一体……」

店主は若干の怯えのこもった視線でジョディに聞いた。

ジョディはニコニコと微笑んだまま答えない。

彼女は最後に念押しで取り置きを頼んでから、アスナと一緒に店を出た。

「あれなんだったの？」

「古い知りあいよ。私いまこの見た目だから、分からなかったのね」

「へー、あそっか、それで握ってる弱みを」

アスナは状況を理解した。

二人は並んで歩き出した。

「後はリアムを見つけて、預けたお金をもらえばいいだけか」

「アスナちゃんは本当に、リアムくんが好きなのね」

「えええええ!? そ、そそそそ――」

「慌てすぎよ。それじゃ認めてるって言ってるようなものよ」

「うっ……うぅ……い、いつ気づいたの?」

「最初から」

「えええええ!?」

「大丈夫よ、リアムくんは気づいていないわ。私も言わないから、アスナちゃん、自分のタイミングでいいんだからね」

「うぅ……あ、ありが、とう?」

「どういたしまして」

並んで歩くアスナとジョディ。

ファミリアで契約して、その効果で美しくなった二人は、並んで歩いているだけで、すれ違う男達から注目されていた。

当の本人達はその事に気づかず、いたって自然体で歩いている。

「にしても、リアムってどこで何をしてるんだろ」

「何か仕事なのかもしれないわね」

「またでっかいモンスター退治かな」

「遺跡の調査でお宝を見つけてるかもしれないわね」

「あー、ありそう」

二人は歩きながら、リアムの事で会話に花を咲かせた。

二人とも、リアムに付き合ってハンターギルドの仕事をいくつもこなしている。

故に、リアムの力を知っている、憧れてもいる。

だから、話は徐々に大きくなっていく。

「どっかで国を作ってたりしてね」

「さすがにそれはないと思うわ」

「まあ、国はないよねー」

そう言って、笑い合う二人。

「ねえ、ジョディさん」

「なあに？」

「ジョディさんもさ、リアムのこと、好き？」

「……ふふ」

ジョディは微笑んだ。

微笑むだけで、明言は避けた。

「あたしは別にいいと思うよ。ほら、うちも十代前まで貴族だし、貴族の男って何人も奥さん持つものだって分かってるから」

「そうだとして、リアムくんは五男よ。それは無理だわ」

「あー、そっか五男かー」

ちぇ、とつまらなそうにこぼすアスナ。

「もしもリアムくんが国をつくって王になったら話は違うけど。無理だけど」

「王様だったらハーレム当たり前だもんね。さすがに無理だけど」

二人はそう言って、話を打ち切った。

☆

彼女達は知らない。

遠い地で、リアムがまさに「王になってくれ」と懇願されている事を。

それを知った時、二人は——。

あとがき

皆様初めまして、あるいはお久しぶり？

台湾人ライトノベル作家の三木なずなです。

この度は拙作「没落予定の貴族だけど、暇だったから魔法を極めてみた1」を手に取って頂きまして誠にありがとうございます。

子供の頃、ドラえもんの秘密道具の中で「ESP訓練ボックス」というものがどうしても欲しかった時期があります。

この道具で訓練すれば超能力が身につくけど、完全にマスターするには三年ほどかかってしまう。

更に最初に発動するまで一〇分かかるけど、練習すればするほど使える様になるまでの時間が短くなっていく。

でも途中でやめたら超能力が消えていく。

この道具の、そのコンセプトがすごく好きで好きで、どうしても欲しかった子供心をおもいだして、この作品を作りました。

本作の魔法の覚え方はほとんどこの「ESP訓練ボックス」と同じで、「魔導書」をもって地道に練習してマスターしていきます。

主人公は貴族の五男に転生して、魔法の才能をもってて、貴重な魔導書を貴族の財力で次々と集めて、魔法を大量に覚えていく――という所からスタートして、魔法を覚える、魔法を使う、魔法で成功する、というのが、本作のコンセプトでございます。

このコンセプトを軸に物語が展開していきますので、是非お手にとって頂きリアムの事を見守って頂ければ幸いです。

ここで謝辞。

イラストを引き受けて下さったかぼちゃ様。本当にありがとうございます！

また機会を与えて下さった高倉様、ＴＯブックス様。

そして、本作を手に取って、読んで下さった読者の皆様に。

心より、御礼申し上げます。

続きを皆様にお届け出来る事を祈りつつ、筆を置かせて頂きます。

二〇一九年一二月某日　　なずな　拝

没落予定の貴族だけど、暇だったから魔法を極めてみた1
第1話試し読み

漫画：秋咲りお
原作：三木なずな
キャラクター原案：かぼちゃ

困ったな……
ギルドからの
初めての依頼
芋虫《キャタピラー》とはいえ
相手はモンスター
万全を期した
はずだったが――
アスナのナイフも
はじかれ
俺の持つ100の魔法も
効かない
カキン
カキン
芋虫さん
こっちこっち!!
ザッ
ならば
これで
どうだ!!

ギギギ
ギギギ
グッ
ポゥ
リアム
来たよ!!
ザッ
出てこい

アイテムボックス
オオ
え!? アイテムボックス……？
!?

ゴオオオオ
何あれ——!?
ドドドーーン

魔法――
それは「知識」の集合体
「知識」は「武器」であり
皇族や貴族に
独占されているもの――
どんなに願っても
手の届かないもの――
～…～
～…～
お坊ちゃま？
どうかなさい
ましたか
お坊ちゃま
っ…

ガヤガヤ
……え？
ワイワイ
ここは……どこだ…？
!?
えええええ!?
かっ…体が…縮んでる!?
ザワ

どうした
リアムよ
お坊ちゃま
旦那様がお呼びです
あ
えっと……
おめでとう
ございます
……?
で合ってるかな?

うむ
今日はお前も楽しんでいけ

カッ
カッ
とりあえず凌いだぞ
ほっ
この状況で目立つのはマズいな
まずは情報収集だ

30分ほど聞き耳を立てて
わかったことは
俺……いや
なぜか俺が
はいっている
この子供の名前は
リアム・ハミルトンという
12歳の少年らしい
伯爵家ハミルトン家の
五男だ
この宴会は
ハミルトンの当主――
さっきのお貴族様が
5人続いた男の子ののち
初めて娘が生まれたから
開いた宴会だ

パーティーの主催はハミルトンの当主と正妻
そして娘を産んだ側室
さらには息子の5人だ
オレ
そこまではわかった
……だが
わからん
わからんぞ〜〜〜

なぜ俺は
リアム・ハミルトンになっているんだよ――!!
チチチ…
はぁ……
やっぱりリアムのまま……
はあ〜〜〜〜なんだこのツルツルは〜
ヒゲがないと仕事にかなり差が出るんだよ
ヒゲ＝《イコール》男の証!!
ヒゲ＝《イコール》一人前!!
これじゃあ信用ガタ落ちじゃないか〜〜〜

おはようございます
リアムお坊ちゃま
ガラ
ガラ
お
おはよう
本日はどちらになさいますか
?
ズラララ――
どちらって……選べるのか?
はい
?
ほえ〜
……俺って
本当に貴族なんだな……
あせっ

昨日のパーティーだけど——
俺はメイドからそれとなく現状の色々を聞き出した
貴族というのは三代目までその位を継承できる
三代受け継ぐまでに何か国への功績を挙げれば継承延長ができる
一代目
継承
二代目
継承
三代目
国へ貢献した？
Yes
四代目貴族継承
No
平民没落
それがなければ四代目からは平民だ
今の当主リアム《俺》の父親チャールズ・ハミルトンはその三代目
自分の代で功績を立てなければ次からは平民だ
がけっぷち三代目
そして功績の中で一番簡単なのは
皇帝の妃に娘が選ばれること——
なるほど
5人の男の子のあとにやっと娘が生まれたから
昨日はあんな盛大なパーティーを

ほっほっほっ
おふたりとも
いらっしゃってますな
では本日の授業を
はじめますぞ
適当でいいぞ
ジジイ
努力したって
しょうがねえんだ
ええ!?
そうですか?
俺とこの男——
リアムの兄である
四男ブルーノは
街の私塾へ来ている
ふむ
ブルーノは人生に
投げやりだ

「妹についてどう思う?」と聞いてみたところ
まあ
それでも俺たちは貴族だからな
こうして私塾に通えるしその後は自由気ままな毎日だ
自由気ままなのか
はっ
ありがたくて涙が出そうになるがな
それもこれも貴族の体面のためさ
ハミルトンは『最古の貴族』だからな
最古の貴族?
重ねた代の数が長いだけだがそのぶん体面は重んじるのさ
貴族の四男に生まれたんだ
この先割り切って人生を楽しめればいいのさ
……
俺もそうしたほうがいいのかな……

魔法？
うん
魔法を学びたいんだ
じろ じろ
お前変わってんな
ダメなのか？
んなことはねえよ
屋敷に書庫があっただろ？
うん
ほんとは知らないけど
そこに魔導書があるから勝手に読めば
まっ
魔法の才能なんて100人に1人くらいしかないから
無駄な努力だと思うがね

タタタタ
はっ
はっ
ブルーノの「割り切って楽しむ」と聞いて
俺は真っ先に魔法を覚えたいって思ったんだ
タタタタ
はぁ はぁ
お帰りなさいませリアムお坊ちゃま
書庫はどこだ?
えっと……
いいからつれてってって
はひっ
こちらです
しまった……《リアム》は知ってて当然なのに…

カチャ
なんだ この匂いは
ふわっ
本の匂いですね
本が多くて 閉め切った部屋だと こうなります
そうか
本の部屋――
庶民だった俺には 無縁の世界
初級火炎魔法――

パラ
温度を上げるのは
魔法の中でも
簡単なほうで
100人に1人は
使え――
う～ん
前置きは
いい
実践だ!!
バッ
集中の仕方
呼吸の仕方
体の動かし方――

炎よ
灯れ
ボッ
——っ!
出た
魔法だ!
はうっ!!
すごい
おめでとうございます

魔法――
それは「知識」の集合体
「知識」は「武器」であり
皇族や貴族に独占されているもの――
どんなに願っても手の届かないもの――
ぎゅっ
今でも何が起きたのかまるでわからないが

魔法を覚えた
この先も覚えられる
わけがわからないまま
始まった貴族人生だけど
今俺は
とてつもなく
ワクワクしている!!
続きは
CORONA EX
コロナEX
TObooks
にてお楽しみ下さい!

リアム・ハミルトン

ノーマル時
真剣・集中
魔法発動時

アスナ

ジョディ

©三木なずな・TOブックス／没落貴族製作委員会
没落予定の貴族だけど、
暇だったから魔法を極めてみた
2025年1月6日から
テレ東・BSフジほかにて
TVアニメ放送開始!

広がる
新刊、続々発売決定!
コミックス 第四部
貴族院の図書館を救いたい! Ⅸ
漫画:勝木光
2024年
12/14
発売!
2025年
2/15
発売!
第二部
本のためなら巫女になる! Ⅻ
漫画:鈴華
※2-11表紙

アニメ化決定!!!!!

COMICS

第6巻
1月15日
発売!

※第5巻書影 イラスト:よこわけ

コミカライズ大好評・連載中!

CORONA EX
TObooks

https://to-corona-ex.com/

DRAMA CD

CAST
鳳蝶:久野美咲
レグルス:伊瀬茉莉也
アレクセイ・ロマノフ:土岐隼一
百華公主:豊崎愛生

好評
発売中!

白豚貴族ですが
前世の記憶が
生えたので
ひよこな弟育てます

shirobuta
kizokudesuga
zensenokiokuga
haetanode
hiyokonaotoutosodatemasu

シリーズ累計
60万部
突破!
(電子書籍も含む)

シリーズ公式HPはコチラ!

没落予定の貴族だけど、暇だったから魔法を極めてみた1

2020年　3月1日　第1刷発行
2024年12月5日　第3刷発行

著　者　三木なずな

発行者　本田武市

発行所　TOブックス
〒150-0002
東京都渋谷区渋谷三丁目1番1号　PMO渋谷Ⅱ　11階
TEL 0120-933-772（営業フリーダイヤル）
FAX 050-3156-0508

印刷・製本　中央精版印刷株式会社

ISBN978-4-86472-921-5

Printed in Japan